李永毅 ＊ 著
Liyongyi

古典主义

中国青年出版社

李永毅 1975年生,重庆大学外国语学院教授。长期从事外国诗歌的翻译、教学和研究。出版《卡图卢斯研究》《贺拉斯诗艺研究》等专著5部、《卡图卢斯歌集》《贺拉斯诗全集》等译著20部,发表学术论文70余篇。出版诗集《侠血诗骨》《时间中的独白》。1999-2006年间独立主持诗歌网站"灵石岛诗歌资料库"。曾获得第七届鲁迅文学奖翻译奖、第七届重庆文学奖翻译奖、第九次重庆社科优秀成果奖等奖项。

古典主义七原则（代序）

一、诗人不是通灵者，不是先知，而是匠人。归根结底，诗歌不依靠灵感，只依靠技艺。

二、技艺不只包括写作技巧和驾驭语言的能力，也包括诗人对世界的理解，即知识和思想结构。

三、古典主义者不关心流派和风尚，在写作时只追问：我是否已用最有表现力的方式传达了我试图传达的东西？

四、古典主义者的最终目标是让每一件作品都成为自足的、自洽的、有特定逻辑的作品。

五、古典主义者不先锋，不保守，人类的整个传统和全部经验都是创作的资源。

六、形式与内容共生，形式可以严谨，可以自由，但永远不应是没有艺术意图的形式。

七、古典主义的原则无需更新，需要更新的是古典主义者自己。

目录

古典主义七原则（代序）／003

第一辑：春秋

郑伯克段／002

其一：寤生／002
其二：段／004
其三：武姜／006
其四：黄泉／008

公子重耳／011

其一：骊姬／011
其二：重耳／013
其三：季隗／014
其四：勃鞮／016
其五：介子推／017

赵氏孤儿／020

其一：左丘明／020

其二：司马迁／021

其三：屠岸贾／022

其四：姬獳／023

其五：赵武／025

郢都烽火／027

其一：伍子胥／027

其二：申包胥／029

其三：嬴籍／031

其四：熊壬／034

吴越争霸／037

其一：勾践／037

其二：夫差／039

其三：西施／040

其四：文种／042

其五：范蠡／043

三家分晋／046

其一：智瑶／046

其二：豫让 ／047
其三：赵无恤 ／049
其四：姬凿 ／050

干将莫邪 ／052

其一：雌剑 ／052
其二：干将 ／053
其三：雄剑 ／054
其四：莫邪 ／054
其五：王 ／055
其六：赤 ／056
其七：侠 ／057

第二辑：万物

屋顶的水洼 ／060
灰　鹭 ／062
草　亭 ／064
猫　侠 ／065
登高的猎豹 ／067
邂　逅 ／069
熊的宴席 ／071
蚊　子 ／073

佳　期 / 074

白鹭村 / 076

雨夜的天鹅 / 077

纸　船 / 079

松　菌 / 081

哈伯德冰川 / 083

观　鲸 / 085

冰峡村 / 087

老鼠挽歌 / 089

蛤　蟆 / 091

金猫与云豹 / 093

第三辑：宗师　　　　　老　聃 / 096

庄　周 / 098

屈　原 / 100

陶　潜 / 102

李　白 / 104

王　维 / 106

杜　甫 / 108

李商隐 / 110

苏　轼 / 112

辛弃疾 / 114

卢克莱修 / 116

卡图卢斯 / 118

贺拉斯 / 120

奥维德 / 122

莎士比亚 / 124

波德莱尔 / 126

弗罗斯特 / 128

史蒂文斯 / 130

奥　登 / 132

第四辑：幻境

摄影史 / 136

登　塔 / 138

诗　痴 / 139

夜沼灵狐 / 140

木剑与雕 / 142

古　寺 / 144

剑　侠 / 146

大芬山公园

（Big Finn Hill Park）／ 150

最后一只水兽 / 152

蘑　菇 / 154

黑洞照片 / 156

夜　航 / 157

俄罗斯方块 / 159

荣耀的轨迹 / 161

虚　无 / 163

非线性系统 / 165

枫叶荻花 / 167

七种武器 / 171

远　航 / 173

第五辑：天命

阿拉伯 / 176

埃　及 / 178

爱尔兰 / 180

波　斯 / 182

德意志 / 184

俄罗斯 / 186

法兰西 / 188

华　夏 / 190

迦太基 / 193

罗　马 / 195

玛　雅 / 197

美利坚 / 199

日　本 / 201

斯巴达 / 203

忒　拜 / 205

西班牙 / 207

以色列 / 209

印　度 / 211

英格兰 / 213

第六辑：尘世

等　待 / 216

三重雨 / 218

乳　牙 / 220

虫　洞 / 221

人各有命 / 222

距　离 / 223

诗　话 / 224

生活与艺术 / 227

表象与真实 / 229

凹　凸 / 231

病　房 / 233

元　夜 / 235

倦　枕 / 237

赵州桥 / 239

期货交易所 / 240

正　轨 / 242

修　鞋 / 243

武　生 / 245

除　夕 / 247

第七辑：汉风

东城高且长 / 250

庭中有奇树 / 252

迢迢牵牛星 / 254

行行重行行 / 256

结发为夫妻 / 258

涉江采芙蓉 / 260

孟冬寒气至 / 262

青青河畔草 / 264

明月皎夜光 / 266

骨肉缘枝叶 / 268

烛烛晨明月 / 270

西北有高楼 / 272

生年不满百 / 274

童童孤生柳 / 276

青青陵上柏 / 278

十五从军征 / 280

远送新行客 / 282

驱车上东门 / 284

去者日以疏 / 286

第 一 辑

春 秋

郑伯克段

其一：寤生

我已经不记得,最初
自己如何在狭窄的隧道
辗转终日,果实圆熟,
却难以坠向铺于地面的
阳光湖。由此,我结下
生命中第一位仇人,
我的母亲,她用这个名字
把我钉在冰冷的目光里。

似子非子,如同在周王

晦暗的朝堂，我似臣非臣。
帷幕非由我来揭，所以
一翻开《古文观止》，你们
便能看见我。秋雨过后，
满院残叶，在追逐既定的
梦想前，我必须收拾好
这个家，让一切各归其位。

出生时便练就隐忍，我当然
知晓母亲吹给父亲的枕边风，
知晓她为段弟的每一步筹划，
但我不能在世人面前泛起
一丝波澜。母亲，两日的痛苦，
你真要我用郑国和性命偿还？
我不吝惜死，我只是难舍
胸中乌云般翻滚的未来。

原谅我暗中的忤逆，但对你
我比对天子更敬重，毕竟

我们曾血肉相连，血肉相撕，
但我绝不容许段挑衅，他
早已蛀空弟弟的名字，我
早已织好一张致密的网，
等着我的第一个猎物，
精彩诗作不起眼的第一行。

其二：段

彩霞如锦缎，我必须
让郑国的天空全部属于我。
我是宠坏的孩子，拒绝
退让，但父亲和习俗
留下的那堵墙坚不可破。
无法理解白痴的泰伯，
只是嫉妒季历，尤其是
姬昌，襁褓中便有好运。

京邑是我苦苦编织的茧，

无数次在梦里窒息，繁华
让我厌倦，我宁可选择
荒凉，只要荒凉的中心
是我和不曾消停一天的
母亲。但如今茧破了，
我振翅飞出，却被火
灼伤。那火，早已点燃。

兄长，我其实并不恨你，
甚至可怜你，你孤独，
你的梦想也孤独，天下
谁识得你真正的心思，
除了我？兵败鄢城前，
即使我也不曾读懂你。
我不过是练手的死活题，
你最终要和周王对弈。

母亲，我辜负你了，
你的爱终于将我碾碎。

治国岂是斗气的游戏?
好吧,我接受我的位置,
缩成一个小小的蜗牛,
静静栖息在这棵树上,
等待春秋的戏剧开场,
默默念着你的名字。

其三:武姜

疼到极点,天崩地裂,
但天地仍是天地,
只多了沾血的肉团。
我和你的第一面没有
温情,呱呱的哭声仿佛
你的战书,我没有投降,
我等待,等待一支盟军
在空虚的腹中成形。

他给了我做母亲的快乐,

我甘愿为他争取一切。
我亲手织小衣，做摇篮，
筑沙堡，用木块搭建
王国。但你父亲顽强地
守住营寨，我的箭雨
从他耳边掠过，他紧捂
你闪闪发光的长子权。

你继位都二十年了吧?
我渐渐忘记你是儿子，
你变成地图上一个点，
渐渐包围，却始终无法
抹去。被抹去的是段，
是我眼泪浇灌的树，
你藏得多么深，似乎
从未脱离我的子宫。

什么也没剩下，只剩下
你，时间回到最初。

隔着一座城市的废墟,
隔着这许多具尸体,
你的冷让我如那日般
痉挛,我还能不能
穿过青春的荒野,
接住最后一抹夕晖?

其四:黄泉

因为颍考叔的计策,
我提前来到你们身边,
仿佛我是水做的鹊桥,
连接两颗颤抖的心。
人们通常在死后才见我,
儿子却在出生前就认识
母亲。如此亲近的人
竟会拉开参商的距离。

一铲一铲,每一铲黄土

都曾埋葬过某个生命。
那些无声爬行的蚯蚓
知道，它们与某朵花、
某棵草有超越血的缘分。
通向幽冥的地方，光
更加湿润黏稠，夜
多了无区分的坦然。

隧道外，政治还会继续，
周王的旗帜时而扬起，
时而覆住他受伤的臂膀
和尚未看透天命的眼睛。
你还会在局促的疆土
预演数百年后的纵横术，
但我已将春日带到这里，
将母亲还给一位孤儿。

忘记所有的痛楚和怨恨，
越过那扇柔软的暗门，

回到源头,回到你的悬浮,
她的摇晃。轻微的地震
不会带来毁灭,隧道内,
融融泄泄。从此,唯一
确定的不再是荣耀,
而是盼你归来的脸。

2019.1.7

公子重耳

其一：骊姬

别迷信等级秩序,臣弑君,
诸侯欺侮天子,岂不常见?
天子要警惕每一位心怀
叵测的诸侯,君主要对付
满堂的朝臣,我只需控制
枕边的这个人。旖旎身段

攻破他的城防,耳鬓厮磨
迫使他撤下意志的卫兵,
甜言蜜语让他的理智昏睡。

宠爱我的人是我的宠物，
我慢慢训练它为我争斗，
为我叼来我渴望的东西。

抛下骊戎、嫁到晋国的那天，
我哭了，这片污秽的宫闱里
哪有所谓的夫君？但很快
我又笑了，不是喜爱奢华，
而是窃喜于姬诡诸的愚蠢，
窃喜于践踏践踏者的机会。

申生，唯一的正人君子，
对不起了，但你只能咬疼
我良知的某个角落。奚齐
才是我的全部，我的未来。
至于夷吾和重耳，他们
一位是小人，一位是戏子。

其二：重耳

公子的角色多么奇怪，仿佛
腐肉，每一块都招来臭味
相投的一群秃鹫。你的人品
只是借口，你其实是赌注，
被人押上，连同一些人的性命
和极少数人撬动天下的筹谋。

我恰好没有野心，却被身后
众人的野心逼迫着，推搡着
走上流亡之路。其实我早可以
自尽，但我也不后悔，想想
后来的桃花运，和所谓足以
载入史册的那些不朽功业。

不朽？谁曾不朽？齐桓公
刚死就已朽，尸虫出于户，
我自认不如他，但我这一路

可有选择？他们甚至劫持我，
不许我贪恋齐姜的温柔乡，
以成就自己的贤名和富贵。

齐姜，连你也如此会算计，
你要的不是夫君，是夫人的
尊位。回头我反而更欣赏
羞辱我的曹襄郑踺之流，
至少他们没有嬴任好阴险，
所以我对他不怀一丝感激。

其三：季隗

在你纷乱的一生里，只有我
真正爱过你。在所有女人中
你也只曾爱过我。原因很简单，
爱是减法，需要剥离一切，
身份，权力，奢望，甚至
才华，只剩下赤裸裸的心。

在那个时刻,我是沦落的公主,
一位战俘,胜者待宰的羔羊,
你是流离的公子,失去一切,
除了渺茫的希望,而你头上
还有利剑高悬。但我们多么
快乐,用身体相互取暖,

用语言相互舔舐,任寒风
在窗牖的破纸间呼啸。没有
过去,也暂时忘记了将来,
因而拥有了全部的现在。
直到勃鞮如一道闪电,照亮
始终环绕你身边的深渊。

你让我等你二十五年。瞬间
我看清了你,你多么会盘算,
若说等一生,听来就像绑架,
若说不等,又仿佛太绝情。

你其实什么都不必说,十二年
相濡以沫,不已经是一生?

其四:勃鞮

每位君主都需要我,冷血,
高效,忠诚,从不质疑命令,
从不询问原因。献公让我
到蒲城杀今日的君上,两天
为限,我一天便到,虽未
得手,却割断了他的袖子。

十二年后,惠公派我到狄国,
也是刺杀今日的君上,天意
不许我成功,却也迫使他
再度流亡。如今我又向君上
揭发了吕省、郤芮的谋反,
为晋国重新立下大功一桩。

我反复无常?就连管仲
也先后辅佐二主。再说,
我服务的不是具体的君主,
而是君主的制度,换言之,
贤臣口中的江山社稷。杀人
如射箭,直取对方的心脏。

绕过庙堂唾沫横飞的争辩,
绕过难以证实的猜忌,
直接听凭感觉和暗中刺探,
将种种危险消弭于无形。
所以,血是仁政的补充,
我的重要性不亚于六卿。

其五:介子推

割掉腿肉,并非我有心献媚,
虽然献媚者总能行非常之事。
公子多日不食,已经昏迷,

我只是救急,顾不了许多。
你若不曾登位,谁又会记得?
沾上君主,一切的性质都会变。

不变的是我,那时的你不过是
我的朋友,地位高于我,也正因
如此,比我的遭遇更可怜。
我不是狐偃,瞄准你的价值。
我只想,落难时相互扶持,
顺遂时共享快乐,十九年间

我们多半如此。但如今大事已成,
你注定离我越来越远。我遁入
山间,岂是埋怨你忘了犒赏我?
朋友不需要犒赏,但需要
相互成全。我的心愿就是自由,
就是和母亲在山林间安静度日。

可是你做了什么?这满山的火焰

是为了什么？逼迫我敌人一般
向你臣服，接受你的恩赐，
在世人面前证明你从不忘本？
母亲，既然你也不愿独自苟活，
我们就和松树一起化作青烟。

2019.4.20

赵氏孤儿

其一：左丘明

史官只需学董狐，秉笔直书，
古时的现场我自然不能亲见，
但世道与人心千古何曾有变？
下宫之难是多么熟悉的一幕。

赵穿，人如其名，他的长剑
刺穿了灵公，而赵盾的短盾
却拒绝为他遮挡，昏君忠臣
只是坊间长舌人的方便标签。

智者应当明白,这无非卿室
与公室之争。景公日夜惊惧,
群僚虎视眈眈,而赵氏家族
恰在此时分裂为对峙的两支。

丧夫的女人不甘幼子被冷落,
乱伦的床榻激起亲属的羞耻,
然而她是国君的姐姐,于是
轻松借力制造了漂橹的血泊。

其二:司马迁

史官应学我,讲别人的故事,
做自己的梦。虽然无法凭空
杜撰全部的过往,册册典籍
也不容后世执笔者漠视传统,

但字词间岂无空隙任我飞驰?
人皆有期盼,学问也有浪漫,

我在暗中渲染、斧凿、修饰，
借国风与楚辞穷尽古今之变。

英雄需要恶棍，舍己的壮美
需要杀戮的惨烈，高贵需要
长久忍受污名，惊惧、懊悔
与愤怒需要日夜将人心撕咬。

如此，史书才好看，我才能
像程婴那样，仿佛背叛旧主，
仿佛失去记忆，却给了汗青
一缕光芒，一种绵延的温度。

其三：屠岸贾

应运而生，量身定做的恶魔，
温良恭谨地将景公运于掌中。
无论晋还是其他国度都与我
何干？我只接受司马迁操纵。

他让我构陷赵朔,我便构陷;
煽动国君的恐惧,我便煽动。
他召来大军围攻赵家的宅院,
却不肯向我透露孤儿的行踪。

于是,我中了掉包计,杀死
无辜的替身,甚至有人传言,
我每天都屠灭一条街的孩子,
只为迫使襁褓中的赵武出现。

然后我必须等待占梦的灵龟,
等待我的同谋在胁迫下倒戈,
等待灭门的惨祸再一次轮回,
成就太史公的这首英雄颂歌。

其四:姬獳

我是最真实的,真实得就像

历史上的每次反叛,而反叛
一旦成功,就是翻盘。平王
为证,东迁洛邑其实是作乱,

我们站在胜利者一边。所以,
无论是否称霸,我们永远是
春秋的头号强国。曲沃代翼,
晋国在分分合合中重新开始。

震荡延续,重耳的出走再度
展现宫廷的分裂,秦晋之好
其实并不好,汹涌暗流几乎
吞没我们。文公之后,圈套

换了位置,重臣膨胀的力量
已难罩住。我夜夜噩梦冷汗,
却无法指望翻云覆雨的众将,
每位赵家人看起来都像赵穿。

其五:赵武

无论你们如何演绎那段过往,
我都的确是一位孤儿。仇人
是谁,有太多说法,但母亲
从小教我只依靠自己的臂膀。

朋友敌人,其实在转念之间,
欢宴的帘幕后伏兵影影绰绰。
看得见日出,未必能见日落,
机警自不可少,但更需坦然。

史家可以有选择,剧中角色
却奔向唯一的结局,而信念
则为二者共有,痛苦的决断
胜过快乐的懵懂。所以寂寞

给了我清醒,我已知晓使命
是什么。权力在我手中似乎

并无特别,天意也不会眷顾
这姓氏,我只行好我的路程。

2019.1.13

郢都烽火

其一：伍子胥

多少年，那百口人每夜都会
死一次，但岁月已淹没他们的
哭喊，只剩惨怛的表情
和汩汩流出的血水，这仇恨
仿佛长江，需要穿越半个天下
才能有腾挪的空间，才能在
大海中耗尽崩山裂岸的力量。

当你的仇人是君主，诅咒
没有用，日日习武没有用，

派遣一批又一批杀手没有用,
你必须有咬碎牙齿的耐心,
操纵列国的韬略,和在风浪中
牢牢攥住船舵的定力。把自己
当作鬼魂,便不再有对手。

仇恨是最好的老师,教会我
用如雪的假发顺利潜出昭关,
用亵渎的疑心逼死为我划船、
载我来吴国的渔夫恩公,
永绝后患,用专诸的短剑
除掉僚,用阖闾的凌云壮志
扫清四面八方的一切阻力。

摧枯拉朽的战争,平王你可曾
想到,锦绣楚国转眼成废墟?
你的坟墓污浊如你的人品,
每一鞭都对应一年的每一天,
仿佛巡游苍穹的太阳,在你

残破的尸骨上烙出历法,
让你重新记起四时的秩序。

夫差让我死,我死得其所。
我已经轰轰烈烈地雪耻,
但愤怒之中我也深深伤害了
养育我的故土。就让我
以忠臣的姿态为吴死一次,
多少可以遮掩我的污点,为我
在异国的民心里赢得一座坟。

其二:申包胥

郢都在吴军铁蹄下颤抖,
秀丽的山水被烽烟笼罩,
我曾经冒死向伍子胥报信,
目送他离去,我已知晓,
祖国从此多了一位劲敌。
但我怎能出卖他?忠良之后,

满门都已经在冤屈中灭尽。

当时我相信,在未来的对弈中
我的谋略能护住荆楚的腹地,
哪曾料,他如此完美地驾驭
吴王的意志。我可以沉沦,
国不可沉沦,何况他的疯狂
已激起全民的激愤,尸骸被辱,
反而为先王换来了宽恕。

既然他借外力摧虐这个国家,
我就用另一种外力与之抗衡。
大国之中,晋与我们争霸太久,
必乐见我们衰微。秦虽与我们
暗中角力,但我们却能掣肘
锁住其东进之路的晋。所以,
我只能向西寻求复国的援军。

七天七夜,我跪在大殿外,

和楚一样，仿佛被弃的孤儿。
数百年的国度难道从此
终结其天命？我要用滔滔眼泪，
数百年积蓄的洪水，冲溃
秦君冷漠的城墙，让渭河
与汉水湘江连成一片。

耗尽食物的身体和祖国
同样地虚弱，眼中的光亮
已趋于熄灭，泪已经变成血，
这是一场博弈，政治算计
和体力的博弈。秦君一定
会发兵，楚一定会复兴，
但不知是在我死前或死后。

其三：嬴籍

这个礼崩乐坏的时代，只有
亲眼目睹的奇迹才能恢复

民众对美德的信心,只有
一场荡气回肠的表演,才能
震撼惯于见利忘义的旁观者,
甚至因为我的冷漠与固执
而怀疑我的人品,群情汹汹。

申包胥,我并非冷漠,你的
热情早已将我点燃,当年穆公
不正是依靠与你相似的热情
将破败甚至濒于灭亡的秦国
挽救回来,傲然立于诸侯之列?
但我是国君,国君治国,最终
凭借的是抽身而出的理性。

我必须像调音师一样,民众
是我的乐器。他们若仅仅同情你,
对于楚国有何用,对于秦国
又有何用?谁会因为同情轻易
放弃和平,放弃甜美的生活,

甚至放弃生命,去帮助与自己
并无直接关系的人?我要让同情

升级为悲愤,升级为义愤,
升级为至诚之心被蔑视被践踏
引发的怒不可遏,让他们
几乎愿意为了你而背叛我,
让汹汹的群情变成汹汹的战力,
让一个国家为了我的算计
而忘记所有日常的个人算计。

如此,我才能真正帮上你的忙,
帮知耻后勇的楚国驱走吴军,
帮秦国重新立起东方的另一极,
遏止晋国的扩张。如此,秦军
才会如决然跃下悬崖的瀑布,
以雷霆之势横扫战场,不在
漫长的拉锯中虚耗宝贵的生机。

其四:熊壬

红色的云霞凤凰一般,在太阳
周围盘旋,这么美的景象
太史却说它预示着我的厄运。
我不回避厄运,虽然我青春犹在,
但我早已死去一回,当同样的
颜色映亮郢都的天空,当我
在随国像时间中的骷髅与僵尸。

可有国君蒙受过我这样的耻辱?
都城被攻破,宫殿被焚毁,
父亲从坟底拖出来,被人鞭笞?
可有人如我,几乎无法复仇?
杀了伍子胥又如何,灭了吴国
又如何?那也不可能弥补
民众的血泪,父亲的痛苦。

更何况这样的图景也离我太远。

我只能卑微地低下头，在愧怍中
慢慢凝聚人心，恢复国力，
用仁德和善意挽回流失殆尽的
尊严。幸而有忠诚而淡泊的
申包胥，有睿智果决的子西，
幸而有这片丰饶而具灵性的土地。

我已决意死去，不许任何人
做我的替身，转移这灾祸。
我要提前剥夺自己滑向昏君的
机会，在下一个重大错误前
离开人世。身边的群臣是我为
楚国留下的宝藏，我离开，
才能让自己和江山保持完整。

愿这红云真的化为凤凰，
像楚国一样美，在火中重生。
有多少国家能在首都沦陷后
重新崛起？你们要相信，

这古老的山水,这年轻的文明,
自有一种韧性,在中原之外,
它肩负着一种特殊的使命。

2019.4.21

吴越争霸

其一：勾践

每颗苦胆都在舔舐中
失去锋利的味道，耻辱
犹如久难愈合的溃疡
因在时间中过于均匀的
分布而被遗忘。我必须
凭意志反复伤害它。

战败的耻辱，亡国的耻辱
非我所能选择，但屈身
为奴至少是夫差的意愿

和我的意愿相遇。他需要
将过于迅疾的凯旋转化为
可以日日品鉴的优越感,

而我也可以赎罪,可以
煽起越人和自己的愤恨,
将心底的弹簧压紧,再压紧,
可以在漫长苦役中熟悉
他的气味、习惯和弱点,
磨炼我的虚伪和阴冷。

如今我已学成,出鞘的剑
首先指向北方的吴王,
然后是范蠡,他太像我,
却又太不像我,至于文种,
我早已在先王的坟中
备下贤臣的恰当位置。

其二：夫差

这个人多么有趣，我已经
习惯他的存在，喜欢他
为我驱马，穿鞋，尝菜，
像一位化身医者的忠犬，
在便溺中侦测疾病的行踪，
我当然没忘记，他是敌人。

但那又何妨？他的锐气
早已被我挫尽，还能掀起
多大的风浪？越国已碾碎，
我的心在中原，齐国惨败，
晋国的盟主之位摇摇欲坠，
这些才是游戏的精彩处。

伍子胥格局太小，除了
向楚国复仇，他还懂什么？
我要让城门上的那双眼

看见吴的旗帜插遍天下，
看见泰伯主动放弃的一切
荣耀地回到后代手中。

但政治是阳刚的游戏，
它需要某种阴柔的补充。
所以，灵岩山有馆娃宫，
征战归来我有西施相伴，
她的香气，她飘舞的裙裾，
有一位心甘情愿的俘虏。

其三：西施

原谅我的身体，我的情感，
它们几乎要背叛我的意志。
我的心属于越国，而魂
却是自由飘荡的，像风，
转眼已经越过太湖的烟波。
我记得使命，所谓美人计。

它要求我像工具一样使用
自己，但可能吗？夫差的眼睛
洞穿一切，妖媚之术如何
长久地瞒过他，若我不能
漾起丰盛而动人的涟漪，
以真心至情将他牢牢囚禁。

我并未爱上他，他的暴戾
虽非掷向我，却与我的本性
相斥，但我包容他，呵护他，
因为他对我有超越政治的赤诚。
在我怀里，他重新变回婴儿，
江山的版图在我这里延伸。

但记忆深处的那口井，他
无法填满。那个遥远的春日，
少女浣衣的那条河边，那位
俊朗飘逸的男子。我无法

相信他的残酷,他和祖国
一起将我推入这个漩涡。

其四:文种

伐吴的七条计策,我画成
北斗七星,贴在屏风上。
大王用掉一计,我摘掉一星。
斗柄消失时,吴国已灭亡。
剩下四颗星不再像一把勺,
而如同一间逼仄的牢房。

夫差曾用箭射给我一封信,
如今他的预言似乎即将应验。
范蠡已经遁迹江湖,我
也隐居不出。但谣言扇动
翅膀,欢快地飞翔。越国
渐渐变得陌生,它不再是

我患难中的故土，大王
不再眷恋这里的山水，他
和夫差一样，望向中原。
他不再顾惜为他忍受艰辛的
人民，万物都是垫脚石，
他要登上晕眩的高位。

我拒绝做垫脚石，于是
成了绊脚石。我只求百姓
安居乐业，只求秀美的景致
不再毁于战火。君与臣注定
是矛与盾：向外，相互倚重；
而向内，总有一方崩溃。

其五：范蠡

我已抛下我牺牲你拯救的
那个国，我不再是越人，
而是站在姑娘窗外羞涩

而忐忑的少年。我不是
少年,不复有清澈的眼神,
雪地上已踏满世俗的印痕。

吴宫的烟火里,你的怔忡
隔开我们二十年前的爱情。
我知道,身体的融合不可能
不伴随着某种感情的融合,
夫差不是吴国,他也是
漫漫岁月里的日常生活。

你明白我当初的选择,但这
仍然是一种怨仇,它需要
一日日的温暖来化解,需要
清晨的鸟鸣,黄昏的水声,
需要陌生的肢体在试探中
趋于默契,确认超语言的爱意。

所以,我要带你游遍五湖。

落日会为我们疗伤，财富
和权力只是偶尔使用的绷带，
很快被我们扯下。道其实
就是路，所以我和你要不断
旅行，在青山环抱中死去。

2019.4.18

三家分晋

其一：智瑶

是的，我败了，魏驹、韩虎
反叛，即将抹去晋阳的汾河
淹没我的兵营。范氏灭门的
惨祸反噬，初显轮廓的宏图

连同二百余口人，埋入土中。
你们惯于用结局来判断一切，
不知隐患会变成明火，甜果
始于种子，万事被时间掌控。

衰落的晋国需要我这种枭雄，

沉疴需要猛药攻击,若碰巧
我获胜,碰巧挽狂澜于既倒,
你们难道会吝于热烈的称颂?

罢了,我的才干又何需证明?
我击败齐国,凭借铸钟之计
轻松灭掉夙繇国,倘若不是
赵无恤的私心,我已夺取郑。

来吧,我的头颅已备好,剑
将砍掉恐惧,却会种下猜忌。
死又何妨,我留下一位国士,
他是活的纪念碑,活的书卷。

其二:豫让

天下皆言利,我以言利为耻,
我只按原则行事,但它并非
任何伦常,是我判断错与对,
是我为自己立法,刻于良知。

我从不愚忠，我背叛过先主，
范氏众人待我，我便做众人，
宝贵的生命岂可为俗夫枉殉？
我高傲如剑，寒光浸透孤独。

智伯是我的子期，所以我做
伯牙。这与地位无关，即使
对换，相信他也是我的国士。
心既已确认，身躯自可挥霍。

我用漆涂身，皮肤溃烂如晋，
我吞下火炭，喉咙嘶哑似周，
我潜藏于溷厕，埋伏于桥头。
屡屡失手，我也绝不将信任

用作暗器，假意投奔赵无恤，
趁他不备时遂我复仇的心愿。
即使对死敌，也不可有欺骗；
事不成，至少德行未遭玷污。

其三：赵无恤

我不恨豫让，因为他是君子，
一个时代的遗物，然而时代
正在发生剧变，操守已不再
重要，门第、传统也是如此。

新的棋盘已经摊开，需重新
落子，重新占据边角和腹地，
智瑶却活在恢复古昔的梦里，
在这个新秩序里，不会有晋。

我是妾的儿子，本注定潦倒，
但我知道，只有实力和人心
才能赢得一切。我懂得隐忍，
懂得在恰当的时候露出棱角。

父亲最终相信，唯有我能将
赵从姓氏变成国。但我获胜，
不靠霸气，不凭霸才，只凭

表演。我善于入戏,几乎让

自己信以为真。我礼贤下士,体恤百姓,尤其洞察魏韩的盘算。豫让无意间与我配合,引出眼泪和难得一见的诗意。

其四:姬凿

我这才发现,自己和周天子其实同病相怜。他们的舞台数百年前就已经被诸侯分拆,我的绳索也早攥在六卿手里。

智瑶是我最后的希望,虽然他也有野心,但至少他仍想藏在幕后发号施令,而表象只要幸存,实质就有望复返。

我高估了盟友,低估了三家,

这有何奇怪？赵穿不是早已
杀害我的先祖？国君的位置
变得多余，这是唯一的变化。

难道他们将来不会登上宝座？
那到底有何不同？的确不同，
我们的权威源于周初的分封，
他们却自己种树，自己采果。

好一个自力更生的世界，手
是最重要的工具，渴求什么，
就抢夺什么。欢迎来到战国，
进入这深不可测的血盆大口。

2019.4.22

干将莫邪

其一：雌剑

纯青的火苗中，我如一个梦
苏醒，铁水炽烈，追逐
一种冰凉，一种爱恨交缠的
淬炼。剑是嗜血的生灵，
炉膛里，赤色焚烧黑暗，
铿锵的锻打声从子宫尽头
敲击耳膜，风在九重天外
呼啸，等待割腕的快意，
等待温热的精魂咒语一般
将我定住，枝蔓顿然收回，

一道锋芒从主人眼里破空
而出，变成葬他的坟冢。

其二：干将

剑是一条命，只能用另一条命
交换。它在炉中受孕，吸干
我的白昼与黑夜，隔绝我
与尘世。王宫是另一座剑炉，
冶炼的火光每每盖住清冷的
北极星。汗液滴下，血液滴下，
劳作中，草庐与市集已消失，
唯有某个声音，日复一日
呼唤我丢掉自己。回首
已无遗憾，那滴炽烈的精液
将铸就另一具躯体，如同
我的血滋育剑中的花朵。

其三：雄剑

我是妻的影子，她太炫目，
你们看不见我，但我并未
隐藏，我的骨骼让她更挺拔，
她若死去，也会将力量
暗传于我。我被主人埋进
大石中，不能动弹，但我
在梦中旋转，剑光依次指向
每一个星座。当时辰已满，
石破，天惊，流星如秋雨，
我将借三颗头颅腾越而去，
在团圆的喜悦中彻底消失，
只留下两柄剑的名字。

其四：莫邪

铸剑者都是沉默的，精力
不应耗散在空气的振动里。

我知道如何铸剑,但我
更喜欢做饭,浣衣,在熔炉
温暖的注视下,想象腹中
胎儿漂浮的微笑。三年了,
难产的剑磨利王上的愤怒,
结局早已预料,但天物
岂可容一人暴殄?权力
赢来顺从,顺从只是一条
过道,它通向哪里?尸体
和大地才能告诉你秘密。

其五:王

杀掉干将,如同杀掉一位
天才的诗人,从此这柄剑
如一篇不可复制的绝唱,
将为我独自拥有,至于
误期,那只是小小的借口。
剑的光芒胜过一切珠玉,

也足以威慑阴影里的敌人，
但梦里那位宽额的少年
是谁？他的眼睛让我脊梁
发冷。感谢通缉令带来
冬日的暖意，画影是我的
照妖镜，他怎能对抗神？

其六：赤

我拔出了剑，却不是剑的
主人，夜里那些奇异的涛声
源于何处？仿佛它在应和
某种遥远的喧响。血痕
从不褪去，纹路似已形成
一个残缺的图案。仇敌
已布下天罗地网，又有谁
带着它去注定的地方？
英雄，请留步，收下
这颗头，这柄剑，你若

拒绝，这躯干将一直挺立，
直到世界复归洪荒时代。

其七：侠

世人永远救不完，侠
是失败的事业，然而剑
天生与侠相随，我自然
甘之如饴。王宫如龟壳，
我径直越过歌舞，将头颅
献给那人。他命卫兵投入
鼎中烹煮，自己在鼎旁
欣赏。他的头也旋即
落入沸水里，我未能
目睹自己的头飘下，但
剑告诉我，安心去吧，
我们都将在黄土中重聚。

2019.1.5

第 二 辑

万 物

屋顶的水洼

可以叫它池塘,湖,地中海,
本体属于它,但名字和联想
由你决定。它很浅,但也在
零和无限之间,初晴的太阳

同样进入它的镜子。没有蛙,
没有浮萍,没有五彩的珊瑚,
但有水,有底,有黄叶飘下,
它和太平洋分享同样的元素。

蜉蝣一般短寿,却长于夜雨,
长于雨停前戛然而止的甜梦。

淤泥给了它沧桑和些许忧郁，
但下个清晨将只剩草色青青。

2019.1.19

灰 鹭

瞳孔、手机再加望远镜
才抵达湖心青翠的浮岛
延伸的触觉并不曾侵扰
你的领地和骄傲的倒影

涟漪随潜水的鸭子推移
黑鱼偶尔以背鳍顶落花
风串起廊桥芬芳的刹那
聚向光圈中央静默的你

我们在春色的两岸对峙
即使倦了也没什么不好

窥探者收获亲近的酬劳
你依旧自在,依旧矜持

2019.1.8

草 亭

白鹭必须滑向清圆的水面,
石桥必须浮出明丽的桃花,
湖与山必须交换欣悦,天
必须俯身,细听溪水说话。

雨必须缓慢地从茅檐滴下,
风必须耐心地在树丛等候,
人必须忘却,才记得牵挂,
暮春必须离去,才会久留。

2019.1.10

猫　侠

你的轻功超越我们的想象
还有你的爱、隐忍与耐心
原谅我的亲人抢走你的亲人
并无恶意，只是小猫的模样

勾起他们的柔情。你的柔情
却被抛掷一旁，于是你咬牙
记下了这段仇恨，这个家
暗中窥伺三楼，似已遁形

三天了，你的孩子都已忘记
它猫的身份，日月都已恢复

亘古以来的旅程，可是你
不停地积蓄着力量与愤怒

夜已深，松涛在山巅涌动
人们困在三生三世的梦里
你飞檐走壁，将珍宝叼口中
返回巢穴，只留下一个奇迹

2018.12.19

登高的猎豹

这是我的泰山,天阔云长
草已枯,秃鹫锐利的目光
在头顶盘旋,盛大的河水
已经从狮子变回了羚羊

幼年,我的爪还未磨钝
树上印满顽皮的足痕
高处给我自由,追逐中
风吹开通向天空的门

依然喜欢登临,每座小丘
都呼唤我,劝我停留

在奔波的间隙，眺望
落日中角马迁徙的洪流

周围的声音渐归静寂
我伸长脖颈，屏住呼吸
沙土紧紧托住我的脚掌
这是我们默契的姿势

2003.7.3

邂 逅

树梢的铅云遮暗了原野
潮湿的土味在风中弥散
我猛然拽你 一条黑蛇
横越小径 掠过你鞋尖

它无意冒犯 我们同样
以温和的目光送它远去
它要赶在下雨之前返乡
我们也有灯火中的归宿

腹中的池塘盛放着春天
蝌蚪摇曳 已变出蛙声

蛇的憧憬何尝不是丰产
万物各自在艰辛里做梦

此刻我们没有任何疑惧
甚或有惊喜　虽然人类
与它似乎是仇敌　祝福
从来都比诅咒值得回味

2018.12.19

熊的宴席

想象　在三面悬空的石崖上
俯身看你们　溪流边戏玩
棕色的身躯贮满初秋的宝藏
背后那些云杉　直插蓝天

水飞机的目光下　群岭一闪
即过　森林不肯驻留片刻
抵达了　我们悬浮幽黑的海面
方寸之间　听见心的忐忑

远方的陆地禁止踏足　那是
熊的国度　游人只能望梅

止渴　数码相机已发出讯息
你们何时赴这场隔空约会

镜框中　微小黑点终于诞生
挥掌惊起　更小的白颗粒
然后　两三个小黑点也聚拢
一个家族要独自享用宴席

脑海里　笨拙地勾出一条河
再描下一群　腾跃的鳟鱼
但我们画不出　你们的欢乐
画不出　这条漫长的熊途

2018.12.25

蚊 子

在生与死的夹缝间舞蹈,
用单调的音乐表达蔑视。
洞悉黑暗中温度的味道,
魔鬼的身材轻盈如天使。

休息的上帝最后造了你,
以免人与兽肆意地逍遥。
一生感觉不再白驹过隙,
也是因为你漫长的叮咬。

2015.6.8

佳　期

情人节那天,你从窗台
跳下楼,迫不及待去幽会
摔成骨折,疼痛虽难捱
你瘸腿蹦跳,无一丝后悔

一月前见你,腹中充实
动作稍迟缓,却仍如稚童
淘气赖皮。盘踞路由器
断然俘虏我,囚禁于瞳孔

家人发来照片,五只猫
两只黑,一只三花,一只

如奶牛，一只斑纹如豹
我笑你和情郎是调色大师

2019.4.25

白鹭村

在无人的树巅,你们的喜悦
臻于绝顶,只有飞翔和流风
可以表达,当翅翼回返停歇
枝叶和羽毛一起芳香地颤动

那是高空的学校,白云做窗
橙红的细舌吟咏清新的诗句
只需模仿水田,偷拍这影像
就可以潜入你们的逍遥国度

2019.4.21

雨夜的天鹅

雨无边无际,黑色的你
漂浮在夜的黑色里,黑
连接左边的湖右边的湖
你如平素穿过石路,黑

从翅膀向下渗,向古昔
回返,飞翔的记忆,黑
按住你的蹼,让你暂停
让你凝视那双眼睛,黑

引来怪兽,它高傲的光
穿透亿万年的荒凉,黑

转动天空,碾压的剧痛
惊醒了自由的迷梦,黑

天鹅以黑天鹅的方式飞
入文明世界不经意的黑

2019.1.8

纸　船

弯下腰,我们和蚱蜢
一起坐在芦苇丛中
湖面微微摇荡,青天
看蚂蚁眼里的深渊

为了纸船,我们关注
哪片草可能是险阻
水往哪边涟漪,才能
护送它们顺利启程

没有桨手为它们效力
风似乎也不怀好意

我们真想变成保护神
无需祭祀也愿屈尊

最后它们仍滞留岸边
随无垠的春色搁浅
安心接受自己的命运
和我们敬献的光阴

2018.12.27

松　菌

据说林间空地
常有精灵出没
夜色藏起秘密
处处目光闪烁

身裹黄金衣裳
缄默胜过贝壳
人语来自何方
微雨缥缈如歌

草叶层层掩埋
马陆隐居世外

何苦棍钩相逼
非求刹那惊喜

访客并不贪婪
只为半顿晚餐
若有丝毫违背
来生你我换位

2019.1.4

哈伯德冰川

碎裂的冰似白鲸窜逃
流泉在山腰乍然冻结
空中飘荡阴寒的预兆
浅蓝的古城与天相接

暗地涌动入海的热恋
表情百万年漠然如初
早已忘却遥远的故山
沿途留下冷峻的雕塑

逐梦的本性谁能阻挡
即使万事都与你为敌

意志让世界变得宽广
围困成就每一个奇迹

2019.1.12

观　鲸

你们的健康感动落日
背脊拱起如大陆初成
欣喜的喷泉洗濯云翳
小船颤动于蔚蓝雷霆

远渡重洋来拜望你们
不敢冒犯阔大的尊严
若你们无法忘记仇恨
我们甘受风浪的审判

亿万年天空朗如明镜
海水佑护斑斓的生活

珊瑚送你们盛装出行
音波在深渊自由穿梭

杀戮教会了你们警惕
塑料隔绝胃壁的温暖
伤口巨大却无法呼吸
溃疡的梦境彻夜辗转

我们的罪孽殷红似血
不能奢望你们的原谅
惟愿偷来的轻松一刻
如人类的贪欲般久长

2019.1.11

冰峡村

穿越太平洋　巡游过
加拿大的整片西海岸
换来这杉林里的片刻
仿佛影片　莫名中断

原始的枝叶密如帐幕
不在意　陌生的访客
树顶漏一线夕光肃穆
苔藓深处　古木复活

我们抛下什么　什么
将我们抛下　风悬停

锈蚀的链条环环脱落
足音遁入松软的泥径

渡船的笛声吹回时间
沙蟹加速搬运着暮色
众生此番的一面之缘
若至彼岸　能否记得

2018.12.26

老鼠挽歌

若非你与两只幼猫的缠斗
制造失眠的昨夜,我断不会
卷入你的生活。你的尸首
悬在眼前,若插上一支玫瑰

清秀的脸可以进入动画片
垂在腰间的手爪,端肃整洁
想必午后它也会拉开窗帘
也会倒一盏茶,捡一片落叶

然而我不幸做了猫的同盟
所以你只能被目为恐怖分子

即使有审判,它们的见证
也会掀翻我苦苦维系的中立

你甚至不能享受一场葬礼
鼠疫给你的民族印上了污名
虽然跳蚤乃罪魁,但是你
更易被铭记,形象也更鲜明

请勿怪猫,它们并非恶魔
不会为证明一个琐屑的结论
折磨你白肤的近亲,而我
只能在诗里祭奠,为你挖坟

2019.1.21

蛤　蟆

是的,小蛤蟆,你也会击中
我们的心,蕴满春天,蹦跳在
落地的红叶之间。轻快的风
吹拂光滑似蛙的身体,它的爱

不会少给你一分。活力荡漾
池塘在召唤,你不肯停留片刻
颤动的镜头下,眼睛多闪亮
或许是默契的阳光送来的幻觉

你终会获得给你恶名的武器
也终会改变容貌,但谁愿悦目

而不顾惜性命？我们不怪你
你的美姿容也将在记忆里长驻

2019.4.26

金猫与云豹

微雨过后　潮湿的枝叶
突然变得　黝黑而古老
夕光落在　金猫的前额
身体里升起　一支歌谣

它必须应和　必须踱步
庭院局促　坚韧如韵律
云豹梦见　天空的舞蹈
玻璃在旋转　风在飘摇

尖牙守护　慵倦的国境
柔舌通向　君王的喉咙

隔壁的金猫　盯着窗外
足下泥土　已感觉伤害

整片山林　随爪子扩张
禁锢中　力量失去耐心
云豹和木巢　没有声响
它以静寂　消耗这黄昏

仿佛世界　已永陷沉睡
我们被它的魔法　罩住
两种孤独　莫名地相遇
汇聚成一种　抑郁的美

2019.4.18

第 三 辑

宗 师

老　聃

老聃：成为圣人之前，请抓紧时间向我请教。
孔丘：西行之前，请赐教，秩序有什么不好？
老聃：秩序就是窒息，我当然指有心的秩序。
孔丘：道不是秩序？万象森然，万物不逾矩。
老聃：那并非不逾矩，是不背离各自的本性。
孔丘：人们的本性已迷失，礼是他们的指引。
老聃：礼只是衣裳和面具，谁知道藏着什么？
孔丘：外礼内仁，所以我教导弟子培养仁德。
老聃：仁德不可见，用它治国就会导致做伪。
孔丘：日久见人心，假装的仁德会失去光辉。
老聃：那时大错已成。所以世界应简单一些。

孔丘：简单岂不是原始？教化难道仅是摆设？
老聃：天何言哉？天何言哉？我的牛要吃草。
孔丘：恭送老先生。颜回，你什么都没听到。

2019.5.7

庄 周

庄周：我是泥淖中的乌龟，饮清泉的鹓雏。
惠施：我怕你言不由衷，像隐者那样潜伏。
庄周：你不信我知鱼之乐，却为何揣测我？
惠施：我从不揣测，谁能逃脱推理的网罗？
庄周：可悲的推理，大道难道因推理运行？
惠施：没错，难道依赖人心和鱼心的共鸣？
庄周：你大概永远没见过太阳底下的乌龟。
惠施：乌龟哪能理解智力驾驭一切的甜美？
庄周：不是甜美，是虚妄，你与它没分别。
惠施：它不会辩论，不会思考，不会治国。
庄周：它生，它死，它繁殖，它爱这世界。

惠施：为何爱？不需要爱，爱是一种软弱。

庄周：抱歉，我爱草木鸟兽，尤其爱自由。

惠施：给你自由，只要你不抢我的腐鼠肉。

2019.5.6

屈　原

屈原：昨天那位渔父呢？他好像是位隐者。
渔父：不是每位渔父都不务正业，比如我。
屈原：你只打渔，不发表高论？有些失望。
渔父：这个世界用手就行，用嘴容易受伤。
屈原：是的，你用手钓鱼，有人用嘴钓鱼。
渔父：你上钩了？别人不钓，你也是俘虏。
屈原：黑泥里白就是罪，我是现成的被告。
渔父：何必管过去？今天的阳光不是挺好？
屈原：郢都沦陷，秦国的铁蹄将踏遍楚国。
渔父：秦国帮咱们光复过郢都，我没记错？
屈原：此一时彼一时。国亡了，苟活何益？

渔父：这些鱼知道这是楚国吗？你太偏执。
屈原：或许吧，但我若不死，神话就残缺。
渔父：你真决定加入湘夫人和山鬼的队列？

2019.5.8

陶　潜

豆子：不为五斗米折腰，你却肯为我折腰？
陶潜：种地需要谦卑，没有你我肯定早夭。
豆子：真要和他们都断了？可惜你的才华。
陶潜：才华无需显摆。你也没喊：看我呀！
豆子：我们和你们不同，没有患上永恒病。
陶潜：幸好我很健康，不担心死后的声名。
豆子：你的余生就和我一起，还有这土地？
陶潜：还有窗边的菊花，架子上那些典籍。
豆子：不担忧大道失坠，辜负先师的遗训？
陶潜：每个人按良知而活吧，天意太高深。
豆子：桃花源再也找不到，你想表达什么？

陶潜：不要生活在别处，今天就开始生活。
豆子：你若死了，我会很孤单，该怎么办？
陶潜：想想认识我之前，无非回到那原点。

2019.5.9

李 白

月亮：你背叛了我，为何去蹚李璘的浑水？
李白：我想做谢安，你知道我一直想高飞。
月亮：谢安多有城府，你太天真，太冲动。
李白：所以我真该继续当侠客，来去无踪。
月亮：写诗也可以，但别喝酒，喝酒伤身。
李白：没有酒就没有感觉，一切都在下沉。
月亮：自信些，看杜甫，多么精准的招式。
李白：没时间揣摩，不能辜负飞逝的日子。
月亮：那我陪你，可你是否找到一只白鹿？
李白：诗里的话，你别当真，我可以骑驴。
月亮：和你的气质不配，咱们还是乘船吧。

李白：好，在云的倒影间荡舟，岂不潇洒？

月亮：牵着我的手，往前，我好像有些冷。

李白：没关系，我抱你，已经听不见水声。

2019.5.7

王　维

王维：我回来了，没想到一首诗救了我。
白云：感谢凝碧池，不过这才是你的窝。
王维：繁华就这样去了？山里并无变化。
白云：每时每刻都在变，只要细心体察。
王维：我是说，仿佛外面根本没有战乱。
白云：万事自有劫数，就当它只是表演。
王维：因为那不是你的京城，你的故国。
白云：你不适合英雄，每个人都有角色。
王维：从今后，我就做一位山水的史官。
白云：好，远胜给世上的帝王将相作传。
王维：但我缺乏农夫和樵夫那样的知识。

白云：他们有知识，却没有超脱的距离。

王维：若某天，我在清幽的竹林里死去……

白云：我会为你洒雨，但绝不为你建墓。

2019.5.10

杜 甫

杜甫：这些稻粒都归你，啄剩的也以你命名。
鹦鹉：你如此宠我，是因为我模仿你的歌声？
杜甫：不是，因为你的名字让我想起一个人。
鹦鹉：严武？别调侃人家，他对你可是有恩。
杜甫：我感谢他，但我毕竟不是他养的鹦鹉。
鹦鹉：我有什么不好？我与一位诗人做邻居。
杜甫：语不惊人死不休的诗人，所以我很累。
鹦鹉：你怎么不学李白的自动写作，多畅快！
杜甫：我不信灵感，你让他写《北征》试试！
鹦鹉：《蜀道难》也够长了吧？篇幅不是问题。
杜甫：这无关篇幅，他没有进入现实的核心。

鹦鹉：他的诗里有现实。你这是对他的批评？

杜甫：好比暴雪留下的雕塑，谁能保证都美？

鹦鹉：所以你要做石匠，从晦暗里凿出光辉。

2019.5.9

李商隐

雨：仿佛南方的天空，我浸透了你的诗。
李：你擅长演奏，枯荷、黄叶都是乐器。
雨：当你远望红楼时，为何中间隔着我？
李：你可以冲淡哀愁，也能在画中调色。
雨：在巴山，你把我写进信里，有何用？
李：我的心如秋池，存着你，如存着梦。
雨：所以，你才说春天瓦上的我是梦雨？
李：雨听完了，人就醒了，雨让人恍惚。
雨：你却难忘怀旧好，也眷恋你的新知。
李：金烬暗了，石榴红了，不会有消息。
雨：你真觉得痛苦是一种滋润光阴的美？

李：就像你，淋在身上，冷，但我陶醉。

雨：叶凋湘燕雨，你怎能想出这种诗句？

李：每个字都有奇妙的机缘，感谢汉语。

2019.5.10

苏 轼

肘子：你选择和我对话，是不是显得有点俗？
苏轼：食无肉，居无竹，都是人生的大痛苦。
肘子：你颠沛一辈子，体重没减，我的功劳？
苏轼：最惨是黄州，但自己种地，也吃得好。
肘子：不可救药，对不起理想，却对得起嘴。
苏轼：理想受制于别人，口腹不能再受拖累。
肘子：至少这一点，王安石、司马光不如你。
苏轼：政治不可偏执，烹饪却应该追求诡奇。
肘子：你不嫌我脏？我可是主猪的股肱之臣。
苏轼：把你洗干净很容易，全不像那些小人。
肘子：明天就到琼州，真正的天涯，你不怕？

苏轼：我就像文化的种子，到哪里都会发芽。

肘子：豆芽也是好菜，可惜我此生无法苗条。

苏轼：别改变自己，世界再窄，总可以逍遥。

2019.5.9

辛弃疾

山：你看我的眼神很像五百年前的一个人。
辛：李白是天生的诗人,我是屈从于命运。
山：你的经历似乎与投笔从戎的班超相反。
辛：梦里的金戈之声就如同你的松涛无边。
山：我的树做你的将士,我做你的演练场。
辛：不,该我配合你,你比我们人世久长。
山：我觉得你爱上了宁静的生活,不是吗?
辛：谁能不喜欢溪边的青草、蛙声和稻花?
山：可是这一切多么脆弱,战争从未走远。
辛：但它们又多么顽强,无视朝代的变迁。
山：在平戎策和种树书之间,你怎么选择?

辛：需要选择吗？平戎就为了种树的生活。

山：他们不信你，你恐怕要与我相伴一生。

辛：若非惦念北方，这就是我希求的事情。

2019.5.11

卢克莱修

朱庇特：你为何拆我的庙,在天上将我囚禁?
诗　人：天上有何不好?几头牛不值得劳神。
朱庇特：人间不只有牺牲,也有爱欲和虔敬。
诗　人：爱欲有损你形象,虔敬也只是虚情。
朱庇特：僭越的凡胎,难道我也是一堆原子?
诗　人：是的,只不过你的原子比我更隐蔽。
朱庇特：原子未经我允许,就在我体内碰撞?
诗　人：碰撞是必然,偏斜却是自由的力量。
朱庇特：你不怕死?不怕我用闪电来惩罚你?
诗　人：你以为你能立刻聚集起合适的原子?
朱庇特：但你终究会死,普鲁托会帮我复仇。

诗　人：冥府不存在，我死了，原子仍存留。
朱庇特：世界离开神，生命只剩下无尽痛苦。
诗　人：摆脱痛苦不靠神，我们有伊壁鸠鲁。

2019.5.10

卡图卢斯

恺撒：你终于死了,毒舌再不能缠绕我。
诗人：可是我的诗还在,小心读者饶舌。
恺撒：你为何骂我?难道我算不上英雄?
诗人：杀人的英雄,整个高卢都被清空。
恺撒：你攻击我的私生活,你也不纯洁。
诗人：你裹着权力的污秽,我却是本色。
恺撒：沉溺诗酒,你不是罗马的好公民。
诗人：我的国在赫利孔,只在罗马旅行。
恺撒：诗有何用?你可曾读过我的战记?
诗人：欺世盗名,不过我喜欢你的文笔。
恺撒：至少在拉丁语里,我们还是朋友。

诗人：等你死了可以，死抹平一切恩仇。

恺撒：我会死吗？我可是维纳斯的后代。

诗人：那你就更应珍惜美，并且学习爱。

2019.5.7

贺拉斯

贺拉斯：现在我也死了，请为我揭开谜底。
维吉尔：诗人一写完作品，就该埋进坟里。
贺拉斯：黄金时代在哪里，那位婴儿是谁？
维吉尔：别装幼稚，你最懂得诗歌的暧昧。
贺拉斯：你真相信罗马的天命和那份家谱？
维吉尔：别忘了埃涅阿斯是从象牙门走出。
贺拉斯：我本来想做哲学家，罗马恨哲学。
维吉尔：不是罗马，是追求秩序的统治者。
贺拉斯：但腓立比之后，只有写诗可谋生。
维吉尔：我佩服你，从容活在敌人的阵营。
贺拉斯：从容？度日如年，所以躲在农场。

维吉尔：至少你没给他写史诗，一直抵抗。

贺拉斯：我怕后人笑话我，神话时代已过。

维吉尔：所以我插入毁灭的迦太基和狄多。

2019.5.9

奥维德

屋大维：我怀疑过你有政治阴谋，不过如今……
奥维德：如今怎样？你终于知道了我的人品？
屋大维：你很怯懦，没有胆量勾结谁反对我。
奥维德：我对政治没兴趣，只想在诗中作乐。
屋大维：但你很顽固，中了艺术自治的奇毒。
奥维德：皇帝管政权就行，诗有独立的疆域。
屋大维：诗是帝国的砖瓦，岂容你挪作他用？
奥维德：帝国能延续多久？诗永恒如这苍穹。
屋大维：永恒？呵呵，我若下令焚烧书稿呢？
奥维德：你不会，你一心扮演文学的奖掖者。
屋大维：流放生活感受如何？听说你经常哭。

奥维德：软弱不是罪，伤害才是。我没屈服。
屋大维：欺骗总是罪？你的诗里充满了谎言。
奥维德：神话需要装饰，作品是变形的体验。

2019.5.8

莎士比亚

女巫:你怕我们吗?还是喜欢我们这副样子?
诗人:没有古典的神灵,你们就是奥林匹斯。
女巫:你好像也喜欢鬼魂,它们有什么不同?
诗人:它们只会惊扰人,没有蛊惑人的大能。
女巫:所以哈姆雷特不复仇,麦克白却篡位?
诗人:因为鬼魂来自外界,而你们藏于心内。
女巫:你也是巫师,你的剧也有阴险的用意。
诗人:观众如果愚钝,就不会遭到任何攻击。
女巫:如果强大,你的毒药却又会变成美餐。
诗人:是的,戏剧终归是表演,首先要好看。
女巫:现在剧终人散,世界还能否回到原来?

诗人：不会，哪怕镜中的虚影都是一种存在。
女巫：我预言，你会登上诗人的王座。如何？
诗人：我不弑君，只挣钱，命运自然照顾我。

2019.5.8

波德莱尔

诗人：都市的闲游者，你昨晚又去了哪里？
花猫：柔媚的春夜，我们自然在房顶歇息。
诗人：没有谁审判你吧，指控你有伤风化？
花猫：春情与春夜应和，这是我的恶之花。
诗人：我总觉得你才是伊甸园那位诱惑者？
花猫：若论诱惑，我们猫类绝对瞧不上蛇。
诗人：是的，你的步子妖冶，你的舌温婉。
花猫：如果你喜欢，我就化作古典的诗篇。
诗人：我迷恋古典，但也欣赏你们的浪漫。
花猫：花丛，草地，月光……迷醉的呼喊？
诗人：不过，你更是一种指向神秘的姿态。

花猫：我无意神秘，只是拒绝呈现与直白。

诗人：你从不臣服于我，你和我都是君主。

花猫：没有领土的君主，统治象征的国度。

2019.5.10

弗罗斯特

弗：我会担起责任,不让你成为某种象征。
雪：我飘落,我堆积,我抹掉昨夜的脚印。
弗：但有些诗人想迫使你表达他们的意念。
雪：我没有意念,是人们因为阐释而疯癫。
弗：所以,在我的诗里,你只作为雪存在。
雪：你不怕他们指责,说意义将受到伤害?
弗：我会让夜风吹拂你,让读者产生联想。
雪：联想?与象征何异?它们会引向何方?
弗：一些缥缈的触动,不是符号的编织物。
雪：读者无法说,我代表死,我代表坟墓?
弗：他们会路过,某个念头会在天际闪现。

雪：但无法捕获，无法成为朱庇特的雷电？

弗：然而你仍埋着记忆，埋着痛苦和欢乐。

雪：他们只是短暂停留，然后就接着劳作？

2019.5.10

史蒂文斯

乌鸦：我可以申请你的商标吗，总裁先生？
诗人：你已经是我的名片，我的鸟类身份。
乌鸦：可是你永远看不见我本身，怎么办？
诗人：我们就各自通过感知与想象来会面。
乌鸦：但面不是脸，而是康德所谓的现象。
诗人：现象虽意味着隔阂，不恐惧便无妨。
乌鸦：你会怕我？我并非预示死亡的乌鸦。
诗人：是世界无法揣测的敌意让人类害怕。
乌鸦：既然不可能确知，为何不学我歌唱？
诗人：我在歌唱，只是不掺杂天真的梦想。
乌鸦：所以你的诗很冷，你仿佛一位雪人。

诗人：可惜我是披着雪的人，仍不够冰冷。

乌鸫：因为你愿意相信艺术的力量和温度。

诗人：在文明的黄昏，我希望朝黎明走去。

2019.5.11

奥　登

奥登：我在诗里说，所有的尸体最后都很像。
墓碑：不过你更喜欢动物，率直，毫不张扬。
奥登：我快走了，你该登场了，你怎样写我?
墓碑：你深谙人性和诗艺，却对自己不了解。
奥登：我自信在浪漫和冷峻之间达到了平衡。
墓碑：平衡就是死，所以晚年你似乎又变形。
奥登：或许没变，一切都源于对痛苦的体察。
墓碑：进了别人的痛苦，就多少进了诗的家。
奥登：但过分渲染，会激起文明时代的厌恶。
墓碑：但若回避，文明的时代只会更加冷酷。
奥登：所以需要用反讽、戏谑和寓言来烹饪，墓碑：再以韵脚和节奏的表演尽力取悦客人。

奥登：我累了，我的灵魂已难弹压这具身体。

墓碑：安心去吧，我会刻一首不逊于你的诗。

2019.5.10

第 四 辑

幻 境

摄影史

太初　宇宙荒无人烟
火石各奔前程　流光
穿刺　星云调焦　底片
坠入黑洞　不留影像

上古　人与鸟兽同栖
洞中枝头　原野池塘
任瞳孔吐纳　雨雪云气
生灭景致　心底印藏

中古　万物皆已招安
兔狼献毫　砚石请降

水墨侍奉　勾皴点染间
妩媚群山已飘落纸上

近代　化学吐出秘密
银盐潜入暗室　画匠
黯然离场　快门一颤栗
便会盗取世界的模样

今日　拍摄已是幻术
唯余隐喻　仍可曝光
电子虚空中　数字奔逐
眼睛越不过透明屏障

末了　一切复归奇点
上帝拿出相机　独赏
星云　鸟兽　人世胶卷
缓缓收起最后那束光

2018.12.23

登 塔

春风从四围涌入,托举肉身
至塔顶,我的魂魄却陷于
螺旋上升的阶梯间。听闻
有人拍遍栏杆,楼边的鸟语
惊动了某颗劫后余生的心
再往上,游客的足音将逝去
唯余陈子昂空荡恢廓的瞳仁
湖中山影徒然呼唤,无路
通向无限伸展的苍穹,元神
只可一路向下,随塔底废墟
回退百年、千年,变成根

2019.1.4

诗 痴
——致李贺

没有布囊　只有手机
俘获飘动的一两个词语
没有奚奴跟随　只有
狸猫　间或在此处彼处
注目致意　没有天才
和暗中弯弓射来的嫉妒
唯有展翅待飞的雏鸟
它们将在　秋风中成熟
没有案头沥血的纸稿
但见寂静里闪烁的屏幕
没有夭折与绝世惊艳
唯门前溪水　长流如故

2018.12.25

夜沼灵狐
—— 郭襄

佛光普照　峨嵋的云
还是沦落为雨
无色的焰火在新的生日
飘向深谷

瘦驴短剑　没有一滴酒
可以动荡　可以涟漪
没有一块岩石可以承载
虚无飘渺的思绪

今夜木鱼不会醒来

经文永远寂静
十六岁的衣裙
在时间的湖上重开

明天将是忌日
雪花做沼泽的坟墓
佛光普照
永不复活的灵狐

1999.11.4

木剑与雕
——杨过

偶尔还会梦见古墓
幽暗中的烛火
仿佛许多陌生的眼睛
石壁上的经文
已经退回时间深处

更模糊的是桃花岛
停泊在生死的那边
春天推开那扇门
我就再也听不清
潮水和瀑布的声音

木剑从不在秋天落叶
它让我忘记招式和仇杀
老去的雕越发沉默
藏在仅存的羽毛后面
无法触及的天涯

有时我会突然醒来
重新看见清瘦的礁石
魂不守舍地伸出手
好像是练一套掌法
好像是写一首诗

1999.11.7

古 寺

古寺中无人,我们
径自坐下,密林深处
梅花鹿悄悄闪过
我们不必理会,这份空寂
这手中渐起的雾

我们望佛,尘灰中
如一冷漠的故人
谁来烧香,谁来打扫禅房
我们来时,已读过太多
面容的迷阵

伞和木屐，及伞梦见的雨天
都在青苔上小睡
油灯下，松风敲门
窗外，蝙蝠低飞

谈什么此岸与彼岸
供盏上的水果都回家了
只有我们泛舟
逝向素莲深处的水波

1991.3.17

剑 侠

1

或许你是一把伞
在桃李众人间旋转
喜爱在剑光忽逝时
谢一片云
谢凝眸的山

2

人面从古琴中升起
一笑也只是秋风

酒杯如此像往事的摇篮
泉水如此像千年的足迹
随处相别，便随处相逢

3

楼台惊惧，小街呼痛
饮酒饮酒，醉也是醒
依旧无可奈何似曾相识
恩仇早已在身后坠落
却总挽不住更多的月影

4

寺院里，常有兵器声
穿过佛的眼前
心灵为何终归无法清净
钟声叩问，你为何
冷冷相看？

5

只要还有一盏灯燃着
便不至于抱石而哭
江上的歌声太短太长
也不过是,花于栏外飘
鱼在水中舞

6

众树轻响,会有人
牵两袖轻盈而来
一吻如剑刺入肌肤
月光深处,游着
无涯的爱

7

飞过红墙,飞过破屋

都是远方,都是故乡
所有的伤口呼吸泪与花露
多希望自己跌碎的生命
成为太阳微弱的回响

1990.9.7

大芬山公园
(Big Finn Hill Park)

何处没有奇迹,我们
领到了免费的午餐

看了长曲棍球的绝技
甚至在草坪上匍匐

追逐了一只野兔。四月
本是阳光普照的意思

但碾死路边的花栗鼠
却带来地府的寒意

我们遂在树林的迷宫中
步行抗议汽车的暴政

小学名称里的梭罗
也用幽灵遮住了天空

城市的喧响围困着
这个宁静晦暗的孤岛

那条盘山而下的小径
是否引向另一个陷阱

2015.6.3

最后一只水兽

天空的峭壁上,突然眩晕的鹰
颤栗于被吸向深渊的寒冷
抽搐,挣扎,翻转,扭曲的漩涡
疯狂激荡着无边的星辰
落叶的鬼魂呼喊着它的名字
岩石在惊恐中抱紧树根
这是飞翔者注定灭亡的秋天
平衡在崩溃,秩序在逃遁
它再也不能驾御浩瀚的风暴
缰绳已断,变形的脸已沉沦

最后一只水兽拖着庞大的身躯

穿行在大理石的宫殿里
我的尸体和月光一起漂过它头顶
没有惊动它入神的深思

1999.12.22

蘑 菇

雨中废弃的课桌
不到一月　已长出
半个王朝的蘑菇
仿佛木头不曾
转世到人间受苦

可以想见　核战后
城市的狰狞废墟
将迅疾被菌类吞噬
放逐的昆虫和植物
夺回它们的国度

曾告别恐龙的晨光
没有痛苦与欢愉
天重蓝　水重绿
而夜里的群山
终于幽静如坟墓

大地不再记得
与人类的初遇
遥远的恋情埋入
岩层　等待彗星
一次意外的考古

2018.12.26

黑洞照片

海伦没留下影像,才成为
全希腊最美的女人,荷马
藏起她的一颦一笑,深闺
却吞噬爱琴海两岸的菁华

星体的尸骨飘在石榴裙下
黑洞默忆他们求爱的滋味
拉开窗帘,她忍不住惊诧
自己的容颜何时已经枯萎

2019.4.24

夜 航

舷窗外，超音速的静止
时间悬浮在另一种时间里

橙汁里的冰块。机翼上
风的呼啸，遥远如想象

月光溢满，云的平原——
飞行的终点虚幻似起点

荒凉的太平洋底，灰鲸
梦见掠过黑暗峰峦的星影

此刻如果我们坠落,云
或许会留下雪地的脚印

此刻如果我们死去,月
或许会永远不再残缺

如果我们不在,谁会在?
谁灭掉灯,把舱门打开?

2013.9.5

俄罗斯方块

你必须改变自己,在恰当的时机
化横为直,灵巧地空翻,必须在
天意合拢前,对准属于你的空隙
任何犹豫都可能荒废以前的等待

尽可茫然,尽可在分秒怀中发呆
冷酷的计时器不会计较,不会说
最适合你的形状从角落款款而来
舞台将为你清空,梦终于要结果

你也可以高傲,拒绝世界的规则
修筑日益巍峨的城堡,但在顶端

有一只无形的手突然翻起,拍落
上升的巴别塔,这座僭越的冰山

2019.1.26

荣耀的轨迹
——《金庸群侠传》

初入江湖,我逢善必行
只为增加隐藏的道德值
不如此,段誉之类好人
便不肯同我去搜寻秘籍

羽翼渐丰,我无恶不作
只为激怒白道的众门派
现身围剿,鏖战的血泊
好淬炼功夫,迅速成才

登顶之后,我排难解纷

俨然超越世间一切恩怨
学会淡泊,谦逊,悲悯
只为退隐时能顺利通关

2012.3.4

虚　无
——《三国志七》

我统一中国，五个小时，
然后下野，流浪，叛乱，
搜寻新的文臣武将，推翻
我亲手建立的数字王朝。
旧部下新皇帝被一一杀掉，
我再次下野，流浪，叛乱，
率领患难兄弟浴血征讨。
攻城，守城，杀戮，登基，
下野，流浪，叛乱，统一，
十九次循环，天下的辽阔
只剩我一个人。游戏规则

禁止我反叛自己,于是,
对着五十二个死寂的城,
我感到了山顶透骨的冷。

2012.3.4

非线性系统
—— 《三国志七》

几十个变量,不足以模仿历史,
但已足以让我演示,偶然因素
如何改变历史。

曹操不知道,一个无名的武将
已悄悄占领他身后空白的汝南。
他全副身心与袁绍对峙,我却
逐一攻占了荆州诸郡。

等他统一北方,我已兵强马壮,
东进的马超,西扩的孙权,

同样受阻我的边境。踌躇满志
我将魏晋扼杀在摇篮里。

但我也可能厌烦了,将手下
全部解散,以悲壮的灭国
促成既定的天命。

但这只是一厢情愿。我曾忍辱
龟缩在岭外的某城,静观
中原走马灯的变幻,但结局
从没有雷同。一位将领的死,

一场战役中士气的莫名崩溃,
其他人的意外偷袭,都会改变
此后的全部事件。如果游戏中
人物不是傀儡,你能想象未来?

2012.3.4

枫叶荻花

他叫枫叶。她叫荻花。
秋天相遇时,他一袭白衫,她一朵红裙。
他的心像火。她的心像雪。那已经很遥远。
他和她一起过了许多年了。
一天, 她突然说要去江南看荷。
他不知道是否因为荷也有红,也有白。
但荷毕竟美。

空气透明。
水也透明。
人却不透明。
莲叶田田。荷花亭亭。

他欲飞身而起。

她却飞身而降。

街上有你的追捕令,她说。

明天我送你进京。

追捕令是一张平常的纸。

纸上写着平常的字。

追捕他是奉了一个平常人的命令。

她说,因为皇帝做了一个平常的梦。

梦见长得和你一样的人刺杀他。

所以,追捕你是很平常的事。

他问,那你眼中为何有泪水。

她说,因为你不是一个平常的人。

宫城用如此高的墙围着。

足以证明皇帝见不得人。

石狮磨牙怒视他。他以笑还礼。

皇帝驾到。百官下跪。

她垂眼低眉。他顾盼神飞。

你为什么要刺杀朕?
因为朕梦见我刺杀朕。
朕为什么梦见你刺杀朕?
因为朕没有梦见别人。

没人敢笑。
百官的脸被纲常绷得紧紧的。
你还想说什么?
我不想说,我想做。
他如凌空之龙。皇帝如丧家之犬。
皇帝。天子。不,天狗之子。
当然也会吞吃太阳和月亮的。
他笑了。

笑声如剑,直刺长空。
转瞬之间,却有一把剑横在他颈上。
她的眼像没有尽头的隧道。
皇上,请发落吧。
点火。他在火中。

好红好红。

却有琴声清越自西北方而来。

他最后一瞥,见她:

白裙,黑发,七弦。

六月飞雪。

她把自己埋在雪中。

不是皇上错了,是我和他的名字错了。

枫红,荻白,秋瑟瑟。

1994.9.8

七种武器

剑直刺心脏　最小的伤口
最短的距离　招式不可解
剧痛之际　飞花已逐水流

刀只求快意　随血气砍削
不顾及姿态　但力道骇人
山陵崩　恩仇便灰飞烟灭

鞭喜好纠缠　犹如魄附魂
时间被捆缚　哀乐俱凝结
一声脆响　万事顿然惊醒

铜没有锋刃　淡定的忍者
断不可理会　诸般的幻影
刹那间　世界在眉宇开裂

枪指向远方　孤独的舞蹈
掠过夏之星　飘过冬之月
蓦然回首　却卧于你怀抱

棍不似兵器　树斫去枝叶
繁花皆散落　秋风正萧森
呼啸处　命已绝而木未折

箭藏于囊中　忘却了前尘
等待那张弓　宿命的访客
弦满之时　径直射回自身

2018.12.18

远　航

浩瀚令人恐惧，美令人窒息
我们的天命只够承受凡庸
严寒囚禁分子，热肢解原子
细胞的堡垒注定难守易攻

幸而有常数做安心的压舱物
我们莫名登上诡异的甲板
遥远的星柱矗立亿年的孤独
下枚月亮会来自哪片荒原

船长不露面，水手守口如瓶
乘客各怀鬼胎，同舟共济

我们的钟表虽然一遍遍调整
还是无人知晓今日是何日

隐隐感觉,某个终点正逼近
某个问题正悄悄化为答案
我们拿出相机,怕最后时分
太快消失,没留半点纪念

2019.10.11

第 五 辑

天 命

阿拉伯

沙漠中崛起,却以豪奢闻名
罗马的想象中,你贮满香料
和珠宝。天际,流动的驼铃
串起东方西方,繁华与寂寥

半个世界转瞬卷入你的旋风
止住兵戈,你却显出了深沉
真正的财富是马蒙的智慧宫
你献出黄金,换天下的学问

代数为计算铺设了康庄大道
哲学从殿宇的穹顶引来星光

天文台终于窥见历法的奥妙
鸦片淹没痛，酒精洗净创伤

欧洲的黑暗映衬了你的明亮
语言碰撞中，你积存下火花
古老的智慧演化出新的思想
当你衰亡，它便在西邻安家

巴格达陷落，文明戛然而止
血泊已耗尽你未释放的活力
你在猜疑和惶惑中重新上路
少了自信，少了雍容与大度

2019.4.20

埃　及

戴上动物的头颅，诸神更亲近
大地，尼罗河泥沙层积如历史
绿洲的碎片似归来的奥西里斯
拼成沙漠的王朝和太阳的声音

罗塞塔石碑并未全然泄露天机
象形文字不足以穿透金字塔身
秘符和经卷散落，仍似幻似真
狮身上的人面浮现慵懒的笑意

摩西逃出芦苇海，你追赶不及
但你迎来了巅峰期的亚历山大

新城图书馆和月下矗立的灯塔
让数百年间的地中海动荡不息

安东尼接续女王和恺撒的爱情
慷慨地将东罗马赠予故友之子
嫉妒的屋大维煽动举国的恨意
你重温亚述和波斯时代的噩梦

世事走马,你的居民早已更换
轮到拿破仑在遗址阴影下慨叹
一道疼痛的刀痕,苏伊士运河
在你童年的器皿上与花纹交错

2019.1.18

爱尔兰

最后沉没的大西洲,盛满
罗马帝国越海撒落的繁华
废墟上,游牧部落在屠杀
劫掠、忏悔,而你在天边

默诵古代的经卷。但寺院
终难长久躲过海盗的侵袭
维京人、诺曼人接踵而至
生灵涂炭,盖尔语却平安

真正危险的敌人比邻而居
约翰的牛角终于将你刺穿

你失去了尊严，失去语言
犹如活埋在地下的马铃薯

慧骃国视你为蛮族，而你
策动英语发起文学的叛乱
改造每个词，像翻修战舰
斯威夫特的旗传给乔伊斯

王尔德镜中那奇幻的影像
几乎是你的隐喻，复活节
人们却死去，独立却分裂
贝克特的游戏何时能收场

2019.1.24

波　斯

苏鲁支在群山之巅领受的智慧
将随居鲁士的征战为帝国涂色
拜火的王朝渡海，在希腊受挫
敌人东来，波斯波利斯化成灰

马其顿的废墟里，立起泰西封
朝霞的光焰映红克拉苏的尸首
从安息到萨珊，与罗马的缠斗
延续七百年，耗空了两大文明

阿拉伯趁虚而入，统一的版图
却如同绣毯，转眼被兵戈撕裂

海亚姆依旧饮酒,冷对此浩劫
萨迪的蔷薇园也依旧花团锦簇

东方叠加东方,没能阻挡日落
什叶的萨法维投下最后的余晖
俄、英、奥斯曼将你紧紧包围
你只好退入文字,留一个传说

2019.1.18

德意志

闪电般你攻陷了文学,狂飙中
将哲学纳入版图,铁血的车间
铸造新的帝国,工业的峰巅
你的笑容璀璨。文明人的瞳孔

被惊愕点燃,硫磺火从嘴唇里
倾巢而出:下贱的普鲁士,匈奴
野蛮的德国鬼,邪恶的敌基督……
围攻梦想,蔑视的旗遮天蔽日

坚定的逻辑,和更坚定的偏见
路德挑衅教皇,更挑衅犹太族

康德的星空按肤色排列着光谱
黑格尔把汉语埋入史前的悬棺

一战你对抗欧洲,二战你对抗
整个世界,千万具青春的躯体
被运转不息的观念碾压成血泥
直到奥斯威辛休克了你的思想

日尔曼先祖的基因停止了喧嚣
柏林墙隔开了劫灰之前的年月
纳粹未曾焚尽的那些画卷和书页
在莱茵河的暮色中无言地飘……

2012.1.30

俄罗斯

你的广袤令敌人垂涎,继而绝望
一切牺牲都可忍受,村庄焚灭
牛羊屠尽,死者遍地堆积如草芥
生者让生理学崩溃,心理学投降

你的苦难深沉如贝加尔湖,力量
隐秘如西伯利亚虎,雄浑的山水
隔绝了交通,执拗的枯骨与鬼魅
却在彼得堡的泥沼里学会合唱

金帐国的欺凌,第三罗马的梦想
希腊式的字母,拜占庭的血脉

你渴慕自由,却时常拥抱独裁
帝国才是你真正的图腾和信仰

但你永远高于浅薄的政治,思想
让你成为巨人,你有诚实的圣哲
坚忍的流放犯和灵魂的拷问者
在漫长的冬天为世界积攒食粮

2012.2.5

法兰西

太阳从云缝撒下莫奈的色块
你在咖啡里缓缓搅动一场革命
凯旋门旁边总暗藏着断头台
玻璃外政权更迭,恍惚如电影

高卢的火光曾映红早年的罗马
罗马也曾回馈以恺撒的屠戮
仇怨中拉丁执拗地在异域安家
正如漂泊的法兰克接受耶稣

小舌颤动,词尾的辅音遁入
笛卡尔的孤独,薰衣草的味道

幽玄如思想，但你天然抗拒
质朴的新教，喜爱华丽的辞藻

对世界，你如拿破仑一般轻蔑
自由于你像普罗旺斯的清晨
倘若痛苦将你逼到虚无的角落
你会决绝地没入雨中的湿吻

2018.12.29

华　夏

展开，是屏风和纸扇上的山水
收起，是桃腮和云鬓边的玉坠
布履罗袜，你的脚步飘如晨雾
垂手凭栏，你的眉眼深若夕晖

东南西北，春夏秋冬，时空里
仿佛有天然的秩序，你应和以
五行八卦，蓍草龟甲河图洛书
器物和服饰的等级，君臣父子

森然矗立的宫殿仿佛万古不变
但私家园林却是市井的桃花源

城郭之外,点缀着道观与佛寺
松林与草庐,留存自由的自然

汉字看似多么拘谨,但一落笔
却多么灵动,墨汁饱满处流溢
生命温热的情感,枯瘠处透出
深远的思绪和心底坚韧的愿力

花开叶落,雁去燕归,你触目
皆是诗,窗外幽竹,门外飞瀑
一盏茶,一盘棋,精致的桌案
空寂的庭院,将光阴品成艺术

你珍爱和平,但也不畏惧战争
碧血与丹心是永不倾颓的长城
但你更愿用丝绸束起一切干戈
愿牛羊无惧地徜徉,麦苗青青

无疑,暴政、饥馑与连绵战乱

也曾催虐你，天地曾为你黯然
但你相信否极泰来，从不绝望
积蓄力量，恚然冲破下个禅关

2019.4.20

迦太基

欧罗巴的后代,欧洲的祖先
你也曾主宰地中海的阴晴
现在,你只是大漠的一缕烟
一面神话和历史中的妖镜

多情的女王,真的曾经爱上
仓皇的埃涅阿斯?抑或是
拉丁语凯旋后的中年臆想
为血湖添上些柔靡的涟漪

阴郁的汉尼拔,徒然被毒誓
禁锢了一生,迷惑的大象

在阿尔卑斯的雪中可曾问你
如果没有罗马,你去何方?

深陷敌阵的孤军,几乎灭掉
整个民族,坎奈的尸山下
隆起一个帝国,他的燃烧
将熔尽另一个文明的骨架

2012.3.1

罗 马

特洛伊家谱抹平文化的自卑
亚平宁和西西里早为你备下
希腊的胚芽,南方的汉尼拔
磨炼你的意志,待征服北非

环绕地中海这片池塘的青蛙
便悉数加入你的合唱。国王
放逐后,唯外敌的威胁滋养
公众的品格。凯旋带回奢华

将领瞄准平民和贵族的裂痕
孪生祖先的血腥气萦绕不去

内战连绵，飞鸟该如何占卜
流星送给屋大维意外的福音

恺撒的新历法终于统一帝国
但它的重量政体已无力支撑
东西分治成常态，君士坦丁
以剑传道，旧日的诸神沉默

一路迁徙的匈奴推倒多米诺
寒风突然穿透这永恒的城市
但你的名字从未褪去其魔力
如舍利，被君主和万邦触摸

2019.1.20

玛 雅

千百年，黄金璀璨如玉米
人牲的血赢得诸神的善意
祭坛直通天界，大地丰饶
生灵谨守以命易命的法条

朴素的石器雕刻你的农业
牛马依然奔驰辽阔的原野
数字却甘愿臣服，为宇宙
计算循环时间，滴水不漏

日盘如飞碟在乌云后隐没
预言已溃败，迸裂的雷火

照亮静默的王国,海岸外
鬼魅的帆影潜入新的世代

科尔蒂斯带来奇怪的物种
它们吞噬矿产,切割田垄
撒播瘟疫,喷出朵朵烈焰
然后留下一座想象的花园

2019.1.5

美利坚

精神的国土,被以色列和罗马
一分为二:国会山、鹰徽和军队
把英语变成了拉丁,而你的约柜
藏在旧欧洲和例外论的言辞下

新大陆和未来,如同成型的过去
不可更改,为了加尔文的上帝
你在种植园、交易所和淘金地
追逐财富、救赎和美国梦的喜剧

女巫的骨灰中,你学会政教分离
英王的税,启示了宪法的条文

程序正义赶走了东部的印第安人
奴隶的自由为工业创造了价值

感动于自己的道德,你却屡番
尴尬于利益,欢迎一切苦难者
你却时常成了苦难的不可解结
世界需要你,只因没更好的法官?

2012.1.25

日　本

樱花深处泊舟，明日的绝望
必须由此刻的欢喧来酝酿
繁华身后的魅影多么执拗
霜叶仿佛被切腹的温血浸透

佛塔寂寂，唐宋温良的木屐
隐隐回荡在寥落的庭院里
盆栽的阴影凝聚茶桌前生
皑皑深雪下火山的来世翻腾

能剧的面具一张张散落在地
炮舰西来，鲸从海底浮起

你迫使星座倒旋你的命运
甚至不在意置换最初的基因

于是你变形，但其实不曾变
你相信爱的极致就是虐恋
正如熟睡的蛹需要被烫死
才能从它梦里抽出最美的丝

2018.12.30

斯巴达

不歌咏雅典，因你的鬼魂
比宿敌的记忆更强大，鸡鸣
不能惊吓，晓色不能隐沦
无声的咒语囚禁意志的清明

三百勇士的壮美，动魄惊心
每位死者都曾是幸存的婴孩
城邦的共产，陌生的双亲
军营灌注他们，对仇恨的爱

夜幕下，无人窥见的身影
留下一具奴隶愕然的尸体

翌日，长老们严肃的神情
告诫他，成人礼仅仅是开始

内战的废墟迎来了马其顿
但你从未朽烂，甚至柏拉图
都梦想在他的天国旧梦重温
甚至自由者都迷恋你的肃穆

2012.3.5

忒 拜

亚细亚的新枝,龙齿结出的果实
安菲翁拨动琴弦,巨石身不由己
筑起这座城,但神话并非童话
愤怒会纠缠,血会渗进国与家

塞墨勒因宙斯的闪电焚灭,胚胎
植入父神的腿,巴克斯如花盛开
催生植物,酿出葡萄酒,然后
让国王彭透斯撕裂于亲人之手

慈爱的小姨,却是残忍的后母
伊诺暗中制造饥荒,扭曲神谕

金羊从天而降,驮走刀下的孩子
但另一份神谕却是逃不掉的天意

解开斯芬克斯的谜题,却陷入
母亲的床榻、瘟疫和一场骗局
俄狄浦斯剜去双眼,但那对兄弟
将在未曾赎尽的罪孽中摧毁彼此

天理与王法在遗骸上拉锯,葬礼
安抚了兄弟,却让安提戈涅赴死
七位猛士曾围攻,你岿然不动
内心的叛乱才是你惊悚的噩梦

仿佛寻求痛快的终结,你挑衅
斯巴达,先败后胜,灿如星辰
直到亚历山大用惨烈无比的屠杀
将万千居民抹去,将你变为泥沙

2019.1.4

西班牙

阿尔达米拉岩画里庄严的公牛
不知万年后将被你如何戏弄
挑衅的红布前没有坚固的甲胄
却有承袭角斗士的文化英雄

被迦太基征服,却成了其同盟
力量不及它,却比它更顽强
罗马的军队因为你而反复远征
一代代将领折戟于此或投降

你终于疲惫,罗马却向你寻求
拉丁语的才华,而当它倒下

西哥特人和摩尔人便相继出手
新月照耀,变出安达卢西亚

七百年血腥的拉锯战,十字架
胜出,婚姻联合了两个王国
晨光里的舰队向西,向东进发
内心的海域留给宗教裁判所

时运的轮子转动,你遭遇逆风
如同停滞于过去的堂吉诃德
反抗拿破仑的屠杀,却难撼动
佛朗哥的暴政。但你的诗歌

仍然灿烂,你热情奔放的气质
恰好在苦难中获得一种平衡
正如弗拉明戈的舞者在安静时
忽然打开一扇窗,通向幽冥

2019.4.19

以色列

仇恨你成了一门艺术，一种哲学
一套千年不断的生产线：谣言
演说，专著，节日的戏剧表演
十字架，火刑台，毒气室，坑穴

比雅典和罗马更古老，但你却
任人践踏，仿佛布满霉斑的馒头
无论敌我，战争总是你的诅咒
他们握手言欢，你仍一汪血泊

你贡献了耶稣，世界却只记得
犹大，你创造思想、宗教和科技

世界却还给你废墟、流浪和隔离
你一忍再忍,世界却一错再错

甚至复国都几乎让你再次丧国
上帝拣选了你,却拒绝拣选和平
漩涡的中心,永恒的耶路撒冷
在梦中追问当初蜜和奶的承诺

2012.1.13

印　度

哈拉帕文明昙花一现，雅利安
入侵者将众生圈进种姓，千般
苦修脱不了苦海，菩提的灵光
照耀数百年，便辗转流落异邦

希腊和罗马地图上的日升之乡
恒河也曾流入他们诗人的想象
漠视世间灾难，这是你的智慧
还是长久忍耐后，你变得疲惫

当孔雀收起彩尾，辽阔的疆土
逐渐现出裂痕，黄昏罩住浮屠

满月凹成钩,信仰埋下另一颗
纷争的种子,等待莫卧儿帝国

在英帝国的阳光里肢解,鸦片
跟随东印度公司向东,以硝烟
呛醒沉睡的近邻,直到二战后
王冠的珍珠已让宗主无福消受

分治令犹如显影剂,暴露祸心
和一直潜伏南亚的恐惧和仇恨
血腥的独立已远,难灭的冲突
犹在,愿你也有玄奘横越险阻

2019.1.19

英格兰

哈姆雷特借刀杀人的国度
魅惑恺撒的天涯，亚瑟王
虽拔出石中剑，却不能抵抗
你的祖先，蛮勇的盎格鲁

凯尔特再难迎来新的黎明
巨石阵依旧推演史前的天象
山原河湖褪尽野性的衣裳
你惯于在花园中囚禁风景

却厌恶羁绊，与罗马离婚
海盗激怒远航的西班牙帝国

无敌舰队徒然为女王增色
凋落的玫瑰印满内战血痕

而后绅士登场,以贸易传道
鸦片、黑奴、棉布与机器
畅销天下,炮舰也未忘记
高傲的身份。涌动的波涛

拍碎黄昏,但乔叟的四月
仍催动春雨,唤丁香醒来
泰晤士一路向东,流入北海
你与欧陆却总被思想割裂

2018.12.29

第 六 辑

尘 世

等　待

超声波的影像中，初次
认识了你，孤单如久已存在
却未被觉察的主题

转眼已秋天，迁徙的鸟群
催动落叶，北极熊催动海苔
星座旋转的斗柄

在你空白的梦境里投下
一道秘符，一个颤动的节拍
让帐幕之外的话

慢慢透进你悬浮的宫殿
气味,情绪,逝去的年代
在念想中成形的脸——

层层叠叠,印满化石的地层
等待你的我们,我们的爱
将会亲切而陌生。

2011.12.11

三重雨

去年初夏,你住在另一个家里,和我隔一层薄薄的呼吸。密密的雨,在我的耳中,你的耳中,却不在你的眼中;你的眼在梦中。遥远的,少年的我,喜欢下雨昏暗的天色,潮湿的道路,和时间溶化的感觉。那时我不知道,会有一天守着听雨的你,期盼着你在我的怀中,听雨,看雨。就像今天,你稚嫩的手指触摸着玻璃,和玻璃外面缓缓淌下的雨滴。昏黄的天色闪烁着,在你惊奇的眼睛里。这是你的第一个初夏,你看见的第一场雨。我眼中的雨,你眼中的我眼中的你眼中的雨,雨中的雨,仿佛我怀中的你。

2006.5.8

乳 牙

未及上茶,客人已不辞而别,
人生漫长,乳牙为何不多停歇?
花瓣早早凋落,童年如此吝啬,
不肯把礼物留给未来的岁月。

帐幕拉开,羞怯的新牙现身,
城池它已熟悉,但伤感的时辰
仍令它局促犹疑,大任已降临:
若无奇迹,它必须如勇士坚忍。

2012.1.11

虫　洞

你和姥姥从江边回来,上到楼顶,姥姥想种点花,找了一些泥土,里面有好多虫子,你就捉了两只肉虫子,把它们放进沙子里,你兴奋地拉着妈妈去看虫子在沙里钻洞。

胖乎乎的虫子,我终于学会
爱你们,瞧,爱万物多么难,
必须用快乐向我儿子行贿,
你们才能进入朋友的名单。

感谢你们年末的辛劳,感谢
连接我和童年时光的虫洞,
松软的沙子在暖阳下安歇,
能量流驮着我,没了影踪。

2011.12.31

人各有命

爸爸说明天要和你交换角色,过你的生活。你说:每个人都有不一样的生活,每个人都得忍受不一样的生活,你必须忍受你的生活,不能来享受我的生活。

就像今天,你在北方
我在西南的重重屏障
后面,身边哪只候鸟
让我把你的快乐分享?

你在做围棋的死活题
还是侦察树洞的蚂蚁?
对付课前的无聊时光
我只能派出这些文字

2012.3.8

距 离

两千公里的烟雨
两个小时的飞机
此刻的数学距离

没我眼前的残局
没你门后的偷袭
此刻的物理距离

红鱼丧失了生趣
黑猫丧失了警惕
此刻的化学距离

2012.3.6

诗 话

爸爸让你以北极熊为题写一首诗,你说:"北极熊在暴风雪中 / 身上披着白白的毛"。以雪为题写的诗:"从云中飘下的白色的小点点 / 是冰,还是雪? / 是冰?错了,是雪。"

第一首,把显而易见的
指给我们看,好像作者
不懂得想象,也没学过
修辞——"鱼戏莲叶间"
不也如此?东南西北
鱼游了一圈,诗也写完。
读者在原地发呆,竭力

思索自己何以被感染。
北极熊,披着毛,仿佛
毛不属于它的身体,
而是渔夫的那件蓑衣。
毛是白的,雪是白的,
加起来仍是白的?或者,
铅灰的云会投下暗影,
或者狂风吹卷,北极熊
显得更白?作者为什么
突出颜色,这是谜题。

第二首,却是故弄玄虚。
知道是雪,何苦让读者
选择?好像灵感突然
隐匿,只好释放一些
词句的烟幕弹。可是,
且慢,空中撒盐差可拟,
未若柳絮因风起……
不也如此?都知道是雪,

遮遮掩掩有什么意思?
或者,我还该称赞你,
至少你没剽窃那些诗人,
至少这三句干干净净,
没有一个比喻,就像
雪地上没有一抹足迹。

2012.3.18

生活与艺术

你在小平台上看一个阿姨画画,画的是咱们最喜欢的盖着瓦片的那个老房子,那里有两棵落叶的树,黄色树叶落在了半边屋顶的瓦片上,很美。

这边是生活
这边是艺术

感觉时间快
那就是生活

感觉时间慢
那就是艺术

如果有只狗
那就是生活

如果有只猫
那就是艺术

如果你长大
那就是生活

如果你不长
那就是艺术

2012.4.5

表象与真实

妈妈坐在椅子上看书,你说:妈妈你像个呆头鹅。妈妈说:那我不是和爸爸一样了吗?你说:爸爸就是只呆头鹅,妈妈是像只呆头鹅,不一样。

Let be be the finale of seem.
我想起了史蒂文斯的诗。

撵走呆头鹅,剩下的东西:
妈妈像,爸爸是,像,是。

爸爸妈妈消失了,原子
消失了,你触到了真实?

孩子,你过于信任词语,
似乎词语比真实更真实。

但真实仅仅是表象,因为
据说只有虚空中的电子

才是一切的肇始,问费曼吧。
物理学接过哲学的本子,

轻蔑地画上了一个:)
这些不过是古代孩子的游戏。

2012.2.2

凹　凸

你看着凹凸两个字,说,为什么这个凹下去,这个凸出来,怎样才能变成好好的字呢?

如果一张口被迫
咽回想说的话
就成了凹,一个
抑郁的残缺的家

如果一张口被迫
挤出不想说的话
就成了凸,一座
孤独的茫然的塔

如果凹爱上了凸
并且融为一体
抹平亏欠与盈余
伤口却不会消失

如果割掉凸的痛苦
也填满凹的欲望
凸只会感觉空虚
凹只会埋葬念想

孩子,这两个字
藏着不堪的人生
只有你关切的凝视
能给他们一个梦

2012.2.2

病　房

暖阳下那片秋山
锁在一方玻璃外
悬挂的冷漠液袋
模拟着溪水潺潺

分秒全失去意义
你已经不辨晨昏
醒睡之间的混沌
缠绕无声的孤寂

勉力睁开的眼中
我是熟悉的幻影

手触到你的瘦硬
却不能捧来晴空

那些共赏的绿树
仍会随春风飘摇
我们共同的监牢
却在此冬日凝固

2018.12.20

元 夜

满城花灯　空无一人
车外　午夜璀璨寂寥
串起逝入空气的足音
明日　我向何处寻找

过了今夜　就是春天
坟外的山坡依旧寒冷
不想惊动　你的安眠
轻轻卸下微温的灰烬

听不见　长河的水声
它和记忆　一样恍惚

但有幽光闪耀于密林
照泥土沉落时辰深处

无数世代谁不曾送别
折断柳条　遥寄梅花
但你已挣脱一切枷锁
何劳大雁和鲤鱼传话

2019.4.17

倦 枕

猫的夜晚如宝石一样闪亮
它无法理解，在劳累之后
人类必须返回睡眠的土壤
才能复活，继续奴役白昼

并为白昼所奴役。那只猫
一整夜用爪子敲叩我的门
切割我昏暗的梦境与密道
疲惫地浮起，疲惫地下沉

它无意进入，丝毫不羡慕
钟表、日程和远大的理想

门只是木头,磨爪的玩具
它要趁夜放纵丰沛的能量

我成了祭品,连同我的夜
和已不能按时回血的智力
推开门,没有猫,只有鞋
它会押送我进入新的日子

2019.1.21

赵州桥

桥下的黑水,凝滞如晚近的历史,
一夜小雪略微唤回了往昔的清冽,
肮脏的镜中,简洁的弧线仍保持
梦醒之前的超然。千百年的车辙

已封进陈列馆,导游滑腻的腔调
像乾隆谦恭的碑文一样让人压抑。
幸好,隋代浮雕中的那几丝柳条
仍牵动着玻璃外不复虔诚的凝视。

2012.1.11

期货交易所

这里的人们最关心自然,
寒潮肆虐美国的东海岸,
印尼橡胶遭虫害,巴西
咖啡歉收,都引发欣喜。

他们也牵挂世间的众生,
南非金矿罢工,阿根廷
物价飞涨,伦敦的爆炸,
在各人的心里点燃火花。

做市商玩滑点如坐滑梯,
交易者数浮盈似梦佳期,

隔间林立，像列国争雄，
人头攒动，俨然已大同。

或者以图表来掌握世界，
线条的波动取代了脉搏，
或者在小道消息的夹缝
揣测明天会刮怎样的风。

用毕生的盘算在一后面
添上八个零，又用一天
抹掉，留九个零的债务，
仿佛自杀后空洞的眼珠。

2019.1.17

正 轨

重新抵达阴暗的矿井,重新
没入坑道,重新把性命交给
周围看不见的眼睛,重新
忘记废墟、血迹和残肢断臂
忘记微薄的抚恤金,忘记
积压的煤炭,忘记家人近乎
麻木的担心,重新戴上安全帽
重新在地下劳作,重新捂住
疼痛的肺,重新让生活走上正轨

2000.5.20

修　鞋

逼仄的过道仿佛拒绝我的侵入——
几个汉字，歪歪扭扭，保持着
对时间和财富的漠然。墙上
各色的砖被暴力挤压在一起，
勉强生根的杂草没有任何
记忆。这些低矮屋檐下的人们，
衣服上的污渍和他们的善良
一样显眼，而苍蝇的飞行
在正午的阳光中趋向宁静。

万能胶，缝纫机，针线，锥子，
守护着它们凌乱的领地。

垫鞋布上，中年女人的手臂
瘦、硬、坚定而有耐性，
我的鞋却和我一样，顺从，
局促，茫然，似乎突然失去了
对周围世界的理解力——
封闭，狭隘，学校里的生活
已经伤害了我，日复一日。

2003.5.14

武 生

某微博记载：在南京街头有这么一个人，他脸上涂着京剧武生的妆容，在进行扬琴演奏。一旁的看板上写着被京剧团辞退，又因本身患有耳疾，失聪后无法维持生计的介绍。一位路人找出一元硬币放在他旁边的盒子里。他突然停下演奏，慢慢站起来，点了点头，仍保有武生的气度和架势。

这一刻，古中国的美突然凝聚
纷乱的人影变得虚幻，百年
流落的汉字在你的脸谱后面
寻到了庇护所。有一种京剧

空荡的舞台,并不能让它绝望
艰辛的生计,添了它的韧性
它不收获掌声,不沉溺梦境
唱念做打,成了生活,信仰

扬琴在耳中铺着回家的栈道
我们竟不敢用感激来惊动你
话语多余,艺术的命令是静寂
只留下硬币吧,这时间的酬劳

2012.1.13

除 夕

幸好　还有这条河
它深暗的流淌环抱
夜的神秘　也幸好
还有风　快意穿梭

此刻　我们幸好能
抛下标本里的生活
散落在水边　聆听
波光里遁逝的焰火

未及飞天的孔明灯
挂在干净的树枝上

仿佛　温暖的脸庞
祝福时间外的幻影

虽彼此隔绝　欢乐
却融化我们的陌生
但明日将卷回一切
河重新在梦中封冻

2019.4.16

第七辑

汉风

东城高且长

回风动地起,秋草萋已绿。

秋天的旋舞将我遗弃,
万物加速,奔向命定的终点。
刑台已筑好,待斩的草木
颤栗,鸳鸟与蟋蟀发出
穿透耳朵的悲鸣。但我知晓,
这是你们合谋的一出戏。

明年,落葬的水将拱破河冰,
断头生绿,重新接回树枝,
哀凉的秋声如忘却的衣裳,

锁进柜箧的最底下。
只有我,入戏太深的旁观者,
才真正被时间截断归途。

看,这壁立千仞的城墙
仿佛自然冷酷催命的铁律,
它不许我与你们共享
连绵的盛宴,没有任何内应
接引我进入欢乐的中庭。
可是,一扇窗为何缓缓打开,

一张凄哀的脸为何望向我?
琴曲的寒气吞噬了周遭的
寒气,唤来两只燕子,
衔着泥,在某间屋下筑巢。
我的梦随秋风铺展,而她
在梦里的春天做双飞的梦。

2019.4.29

庭中有奇树

馨香盈怀袖,路远莫致之。

时间的压迫我们尚能承受,
思念和信任尚足以对抗
漫长的一生。真正的敌人
是空间,是长亭短亭,
是一条条阻隔的江河,
是言辞不能打动的山岭。

是它们让我们难捱的晨昏
变得像蜉蝣一样短暂,
倘若我的北海和你的南海

彼此伸手可及，又何需
寄雁传书？但就连逃散的风
据说都无法在空中相遇。

花的馨香徒然盈满我的
衣袖，我的襟怀，它甚至
难以飘出这片局促的庭院，
虽然月亮自己可以旅行，
这棵树漏下的月光却终究
无法与你的月光相依偎。

花，月光，我盛开的容颜，
昨夜的雨声，这些美的礼物
都无法抵达远方。空间
在同一时刻俯瞰各处，
这位无所不在的狱卒
任我们拍打无形的牢门。

2019.4.30

迢迢牵牛星

盈盈一水间,脉脉不得语。

星辰因眺望而远,
河汉因沉默而深,
神话是你御寒的外衣。
夜露围了三重,
哪有牵牛,牵动你的
是邻院未灭的灯火,

哪有织女,只有这张琴
一弦弦织起月光。
隔开你们的不是银河,

是诗的机杼和心的情愫
通向彼此的隐秘波纹。
星空这面会映出

呼应的眼神,星空那面
又太远太冷,你只有
飞入别人的故事,
并且选择她的化身,
才能用织女的素手
拨弄另一架机杼,

用织女的泣涕
流另一个人的泪。
而对岸那颗不说话的星,
躲在诗之外的星,
其实才是你,因为你
只能这样抒情。

2019.1.31

行行重行行

思君令人老,岁月忽已晚。

没有姓名,没有面容,
只剩一颗心
在微温的文字里跳动,
它把宇宙变成了荒漠,
遥远的身影,变成了
移动的绿洲。

天涯能有多远,
别离能有多久?
每一里,每一日,

无非是衣带下逐渐被风
占领的虚空,心的自由,
身的不自由,或者相反。

时间是什么?
它催动黄叶飘零,
却不催动容颜
凋谢,隐秘的手
拨动落日,原野尽头
暮色的机关。

思念如松脂,
拥你入怀,
小小的琥珀,
你会沉淀,却不会疯癫,
你若疯癫,胡马
与越鸟都会疯癫。

2012.3.11

结发为夫妻

努力爱春华,莫忘欢乐时。

又一个春天,百花汹涌,
群鸟在快乐中晕眩,
而我的快乐,记忆中
微弱燃烧的快乐,
无法像太阳,卷动
山水、草木和季节的心。

生命从不乏美景,
却吝于赐给良辰,
美景加倍戳痛我们,

让我们孤儿般被天地
遗弃，万物的荣华
与永久的别离相平衡。

难道我竟要和春天
反目成仇？当他的眼
抚琴，我的眼鼓瑟，
他的手飞雨，我的手
落雪，那时春天却是
我们幸福蔓延的裙边。

但我还是要努力，
在悲伤中热爱这一切，
为着记忆温暖的灰烬，
为着虽失去却未改变的
挚情，为生死未卜的他
将春天拥入我怀里。

2019.4.25

涉江采芙蓉

同心而离居,忧伤以终老。

如果我给你戴上草冠,
你的脸就变成我手中
这盏芙蓉。你和它一样
飘然于兰泽和尘世之上。
但你在无尽长路的尽头,
它只是已经熄灭的灯。

一池碧水为谁泛起涟漪?
这些仿佛来自仙乡的花瓣
为谁飘落?我们的蓬莱

和海市蜃楼一起消溶,
只剩下你的目光,箭一般
从天涯射来,将我钉住,

如斑斓的蝴蝶。我已不能
飞翔,连我的梦都失去了
穿越关山的力量。身边
采莲的女伴笑语喧哗,
我却住在一颗贝壳里,
任风浪摇晃,独守空寂。

我并非一无所有,另一颗
贝壳与我应和,虽不能
靠拢。我们各自因相思
而白头,这也是一种
白头偕老,拥有对方
全部的爱,全部的残缺。

2019.4.25

孟冬寒气至

置书怀袖中,三岁字不灭。

三年了,三个季节的王朝
已经倾覆,星辰的阵列
变换,月亮的面容循环,
草长莺飞,雾起霜降,
唯有袖里的书札与我
隐居在宁静的漩涡中心。

墨汁会变淡,这些字不会,
它们是我精心照料的植物。
透过消瘦的肌肤,我的温热,

我的血气,滋养着它们,
它们的根须也向下生长,
仿佛返回自己的故乡。

你还未返乡,北风代替你
捎来孟冬寒冷的消息,
等待没有季节,相思
超越时间,它赋予世界
一种执拗而恍惚的秩序,
如同遁入沉默的旋律。

相聚似春花,转眼凋谢,
幸福加快生命的节奏。
我虽然盼你在身边,
但分离给了爱情绵延的
空间,日复一日的过滤
让它因孤寂越发纯净。

2019.4.28

青青河畔草

荡子行不归,空床难独守。

即使站在春天的中央,
你也只是背景,静立的
屏风,或飘动的幕帷。
红颜不会像桃树,引来
蝴蝶的爱恋,素手不会像
梨花,一瓣瓣紧依水面。

这庭院已经是墓园,
没有碑石,没有铭文,
移动的透明棺椁里,

你梳起长发,又瀑布般
垂下。没有人在意
一幅画是否有诚实的欲望。

青草随长河流向天际,
这是一场不见血的战争。
白昼的尸体次第消失,
长夜的抵抗愈加艰难。
如果败了,你没有退路,
庭院外还有万千重围。

即使胜,你能获得什么,
除了一颗枯井般的心?
而那位可以将墓园变为
果园的荡子,和所有男人
一样,虽是命运的囚徒,
却拥有庭院外的整个世界。

2019.5.1

明月皎夜光

不念携手好,弃我如遗迹。

既然星辰都名不副实,
比如南箕,比如北斗,
比如隔河相望的织女牵牛,
他们欺骗我,辜负友谊的
陈年佳酿,又有何奇怪?
玄鸟去吧,即使不是孟冬,

也不必留恋此地。月光
照着你们寒凉的翅膀,
也照着他们青云直上的

翅膀。我已跌落,或者说
从未飞起,被抛下的枯枝
小心掩藏,一排令他们

深以为耻的旧日足痕,
一份不便篡改的黑历史。
但我顽固如磐石,拒绝
被时日的水滴凿穿,
我要年年岁岁的白露、
世世代代的促织记住,

曾有人在辽阔的夜空下,
在幽深凄清的虫鸣里,
记下一群故交的背叛。
我当然知道,盛宴的管弦
会轻易盖过我的悲音
和他们心底尴尬的笑声。

2019.5.1

骨肉缘枝叶

四海皆兄弟,谁为行路人。

饮下这罇酒,你又将
飘向天边。重逢令人欣喜,
分手令人伤感,但离别
如阳光,催促友情生长,
让它像树一样伸向云端,
遥远的枝叶通过根

依然相连。不只是根,
万物都是你我的使臣,
雨后的虹,啁啾的鸟雀,

来回穿梭的不羁的风。
你并未思念我的时候,
我也能在夏日的气息里

闻到我在你心底的位置。
远方的山已学会你的
神态,它的稳重尤其如你
坚定的品格。近处的湖泊
有你一样的聪慧,足以
应和我偶尔的灵感。

所以,这具肉身尽可做
不幸遭际的傀儡,我的心
拥有四海,飞越胡与秦,
参与辰。翼翅所及之处,
落叶回到枝头,河水回到
源头,你听到往日的声音。

2019.5.2

烛烛晨明月

俯观江汉流,仰视浮云翔。

明月留不住,秋兰留不住,
层叠的远山也留不住你,
即使没有聚会,没有离别,
我们也注定各自奔波。
所以,要有江汉的气度,
要有这头顶浮云的洒脱。

伸向远方的路铺满寒霜,
隐没于不可知的未来。
从等待的方向看,人生

仿佛无比漫长,而从
相逢的方向看,我们
储存的光阴多么短。

某些彗星,只能遇见一回,
沧海变作桑田,谁又曾
亲眼目睹?在自然给定的
小小份额里,我们幸而
与彼此交会,以品行
共同印证雪峰的皎洁。

朋友无需厮守,天涯
将留下你我的脚印。
只要令德始终与你随行,
我便能望见那移动的光焰,
便能在一日日的重负下,
感觉到你浩瀚的思念。

2019.5.3

西北有高楼

不惜歌者苦,但伤知音稀。

遥不可及的高处,弦歌
在青冥盘旋,飘飞的哀伤
无法栖落于白云的窗扉。
风载着它缓缓下降,
雨丝一般缠住深秋,
缠住驻足聆听的远行人。

池塘里,孤单的鸿鹄
在鸣唱中耗尽了一生。
瀑布从山顶坠入无底的

寒潭，没有激起丝毫回声。
阳光穿越漫长的旅途，
触碰不到一棵草，一只虫。

在黑暗中独舞，甚至黑暗
都不曾察觉。你表达了，
但世界认为你从未表达。
彼此应和的树叶似乎都在
嘲笑你，为它们的好运
感谢在枝头萌芽的那一天。

或许我算是你的知音？
但你不会知晓我的存在。
你在楼阁缥缈的顶端，
而我在千尺之下的街头。
你的曲调掠过我的魂魄，
最终将飞回你怅然的指尖。

2019.5.4

生年不满百

昼短苦夜长,何不秉烛游!

即使他们能驾鹤、腾云,
山谷的松林难道会涌起
别样的波涛,雨后的彩虹
难道会闪耀万种色彩,
时间的河流难道会停歇,
让他们的幸福永远凝固?

脱离了凡胎,他们仍然会
担心:法术骤然失灵,
从飘逸的云头跌落,

燃烧的流星点着青衫，
高不可测的天穹崩塌，
神鬼鸟兽一齐湮灭。

明天连着明天连着明天，
络绎不绝的忧虑，无休
无止的悬念。只需一把剑，
一枚毒药，一场热病，
马的一个趔趄，你这颗心，
这颗盛满万世筹谋的心，

就僵硬成石。忍住恐惧，
忍住对命运的好奇——
谁的占卜曾经灵验过？
不能拉长白昼，拽回
夕阳，就拉长夜晚，
用花影和柳枝捆住月亮。

2019.5.5

童童孤生柳

寒夜立清庭,仰瞻天汉湄。

为何每一位不寐的人
都喜欢仰望河汉,就像
囚徒,幻想从高窗能垂下
一根绳索,将自己从囹圄
吊入那广阔自在的夜空,
但冬季的庭院深邃如井。

寒气从肌肤的缝隙渗入,
仿佛一支无声的军队,
竭力要攻取疲惫的身体。

骨头的内城已难抵御，
衣服和食物的援兵
却被空瘪的行囊阻断。

树上的蝉虽然短寿，
但何须在世间漂泊？
遥远的路途虽然让蜗牛
沮丧，但它随时背负
自己的家。唯有所谓游子
在跋涉中挥霍了一生。

我们离开各自的故土，
淹没于各自的忧思里，
在车马和双足的颠簸中，
茫然相遇，茫然交换眼神。
远处，袅袅上升的炊烟
盘曲成鸟巢的形状。

2019.5.12

青青陵上柏

人生天地间,忽如远行客。

生于幽昧,死于幽昧,
我们在幽昧的两端之间
倏然闪过。天地虽然
也有风雷雨电的更替,
海升陆沉的变迁,
但它们仿佛未曾衰老。

甚至陵上的柏树,涧中的
石块,虽然与我们一起
忍受岁月的摧残,却似乎

从不惊惶。即使镇定源于
灵慧的缺席,至少它们
透出一种凛然的尊严。

在这巨大的阴影下,我们
觥筹交错,驱车策马,
在挖空心思的游戏中,
掩盖不时闪现的梦魇,
多么像强颜欢笑的丑角,
在君主座前藏起不安。

而那些高耸入云的宅邸
和宫阙又能向谁炫耀?
秦皇为何会派人渡海求仙?
比起潦倒者的苦中作乐,
权势和财富放大的恐惧
更让生命无一刻安宁。

2019.5.12

十五从军征

遥看是君家,松柏冢累累。

战场如故乡,伴我终生。
故乡已背叛我,沦为异乡,
鸟雀衔来的谷和葵的种子
却在我的异乡找到了新家。
在累累坟冢的拱卫里,
我的家骄傲如死亡的帅旗。

谁像我,暮年才成为孤儿?
时间给予我的,时间已全部
收回。仿佛我幼年在岸边,

建起一个又一个沙堡,
然后无聊地将它们推倒。
这就是戎马生涯的收成。

我的血究竟灌溉了什么?
仇恨的草可曾被野火焚尽?
我的伤口已经被厚痂封闭,
仿佛人们不肯触摸的和平。
如今,我终于返回日常,
深深地吸一口饭的清香。

但我吸不回六十年的晨昏,
吸不回孩子绝望的童年,
妻子永远埋葬的青春。
或许我该请兔和鸡用餐,
至少它们仍然有家小,
仍然有乱世里的一个窝。

2019.5.12

远送新行客

生时不识父,死后知我谁。

你与我竟以如此的方式
错过尘世相遇的机会?
怎样的力量吸引你成为
我的孩子,又是怎样的力量
迫使你在须臾之间离去,
如一道不能种植的阳光?

你还来不及知道我是谁,
即使死后我葬在你身边,
你又能否辨认出父亲?

白骨陷落于黄泉，肌肤
慢慢变尘土，化为蒿与薇，
好在它们的枝叶尚可触摸。

而魂魄呢？重新还给谁？
还是如一句失去出处的诗，
一片芦花，一丝无名的气味，
在迷惘的天空里游荡？
它是否会等待我的魂魄，
如久久不散的烟雾？

罢了，人为何要有感情，
为何要彼此捆在一起？
虽然幸福时这样的连接
感觉是亲密的依偎，
更多的时候，绳子却深深
勒进肉里，留下道道血痕。

2019.5.13

驱车上东门

潜寐黄泉下,千载永不寤。

墓地是最美的风景,
萧索,苍凉,蕴藉,
静止血液无端的翻涌,
脚步惊落草叶间的露水,
风飒飒掠过碑石的额头,
寂寂松柏与天际相接。

睡着了,就永远睡着了,
黄泉的卧室远离喧嚣,
没有梦境的长眠里,

春秋变成了战国，
阿房宫的火焰盛开，
又一位求仙的人死去。

谁也逃不掉。这具躯壳
经得起多久的磨蚀？
即使有仙人和丹药又如何？
看似坚不可摧的崖岸
照样因为湍急的波浪
留下一张千疮百孔的脸。

所以，远非圣贤的我
还是在杯中斟满酒，
慢慢品味终将消失的甘甜，
披着这身华丽的长袍，
与换上新装的春日一起，
交相辉映，醉生梦死。

2019.5.13

去者日以疏

古墓犁为田,松柏摧为薪。

惊心动魄的不是坟墓,
而是原野,看犁铧割开
死人不是归宿的归宿,
连装饰新坟的松柏自己
也变成了尸体,薪木
点燃新一轮生者的炊烟。

时间滚滚的洪流里,
逝者怎能不被人忘却?
生者则在日日的厮守里,

如胶似漆，直到如呼吸，
须臾不可离。然而生者
如果也不能相守呢？

就只剩下平芜尽处的
秋山，无道可归的故里，
漂泊的白云，迁徙的大雁，
只剩下远望的目光，
桌上默默等待的餐盘，
昨夜记不清细节的梦。

还剩下什么？一首诗：
面容在枝叶间晃动，
话语在杨树的风里飘飞，
过去和未来的幻象
在文字的阵列里相遇，
仿佛彼此早已熟悉。

2019.5.13

图书在版编目（CIP）数据

古典主义/李永毅著.--北京：中国青年出版社，
2020.1
ISBN 978-7-5153-5733-1

Ⅰ.①古… Ⅱ.①李… Ⅲ.①诗集－中国－当代
Ⅳ.①I227

中国版本图书馆 CIP 数据核字 (2019) 第 292093 号

策划出品：小众书坊
责任编辑：彭明榜
书籍设计：孙初 + 申祺

中国青年出版社 出版 发行
社址：北京东四 12 条 21 号
小众书坊地址：北京东城区后圆恩寺胡同甲 1 号
电话：(010) 64011190
网上销售：京东商城小众雅集图书专营店
北京精彩世纪印刷科技有限公司印刷　新华书店经销

787mm×1092mm　1／32　9.5印张　127千字
2020 年 1 月北京第 1 版　2020 年 1 月北京第 1 次印刷
定价：55.00 元